*La felicidad del lobo*

# La felicidad del lobo

PAOLO COGNETTI

Traducción de
César Palma

LITERATURA RANDOM HOUSE

Penguin
Random House
Grupo Editorial

Título original: *La felicità del lupo*

Primera edición: octubre de 2021

© 2021, Paolo Gognetti
Publicado por primera vez en Italia por Giulio Einaudi editore, Turín, 2021
Publicado por acuerdo especial con The Ella Sher Literary Agency,
junto con MalaTesta Lit. Ag.
© 2021, Penguin Random House Grupo Editorial, S.A.U.
Travessera de Gràcia, 47-49. 08021 Barcelona
© 2021, César Palma, por la traducción

Printed in Spain — Impreso en España

ISBN: 978-84-397-3906-7
Depósito legal: B-12.903-2021

Compuesto en La Nueva Edimac, S.L.
Impreso en Egedsa (Sabadell, Barcelona)

RH39067

# ÍNDICE

En mis viajes, por fin me convencí de que los deseos y las aspiraciones de los humanos formaban parte de la tierra igual que el viento, los animales solitarios y las resplandecientes extensiones de piedra y de tundra. Y también me convencí de que la tierra existía completamente al margen de todo eso.

BARRY LOPEZ, *Sueños árticos*

# 1

## UN PEQUEÑO RESTAURANTE

Fausto tenía cuarenta años cuando se refugió en Fontana Fredda, buscando un lugar donde empezar de nuevo. Conocía aquellas montañas desde que era niño, y su infelicidad cuando se hallaba lejos de ellas había sido una de las causas, o quizá la causa, de los problemas con la mujer que había estado a punto de convertirse en su esposa. Después de la separación alquiló un apartamento en la zona y pasó septiembre, octubre y noviembre recorriendo los senderos, recogiendo leña en los bosques y cenando frente a la estufa, saboreando la sal de la libertad y masticando la amargura de la soledad. Escribía, también, o por lo menos lo intentaba: a lo largo del otoño vio bajar el ganado de los pastos, las alzadas, amarillear y caer las agujas de los alerces, hasta que con las primeras nieves, pese a que había reducido al máximo sus necesidades, se le terminó también el dinero que había ahorrado. El invierno le presentaba la cuenta de un año difícil. Podía encontrar trabajo en Milán, pero eso supondría ir a la ciudad, pegarse al teléfono, resolver con su ex los temas que habían dejado pendientes. Entonces, una noche, cuando ya se había hecho a la idea de marcharse, contó lo que le pasaba delante de un vaso de vino en el único local que había en Fontana Fredda.

Al otro lado de la barra, Babette lo comprendió perfectamente. Ella también había llegado de la ciudad, conservaba el acento y cierta elegancia, pero a saber en qué época y debido a qué circunstancias. En un momento dado había montado un restaurante en un local cuyos únicos clientes, en primavera y en otoño, eran albañiles y ganaderos, y al que bautizó como El Festín de Babette. Desde entonces todo el mundo la llamaba así, nadie recordaba su nombre de antes. Fausto trabó amistad con ella porque había leído a Karen Blixen e intuido un sobreentendido: la Babette del relato es una revolucionaria que, tras fracasar la Comuna de París, acaba siendo cocinera en una aldea de pescadores en Noruega. Esa otra Babette no servía sopas de tortuga, pero tendía a adoptar a los huérfanos y a buscar soluciones prácticas a problemas vitales. Una vez que escuchó los suyos, le preguntó: ¿Sabes cocinar?

Así, en Navidad él seguía ahí, manipulando ollas y sartenes entre los vapores de la cocina. Había también una pista de esquí en Fontana Fredda, cada año se hablaba de cerrarla y cada invierno por algún motivo reabría. Con un cartel en el cruce y un poco de nieve artificial disparada en medio de los prados, atraía a familias enteras de esquiadores y durante tres meses al año convertía a los montañeses en operarios de los remontes, en encargados de nieve artificial, en conductores de máquinas pisanieves o en rescatadores, toda una transformación colectiva de la que él ahora también formaba parte. La otra cocinera era una veterana que en pocos días le enseñó a quitar la grasa a kilos de salchichas, a cortar la cocción de la pasta con agua fría, a alargar el aceite en la freidora, y que dar vueltas a la polenta durante horas era un esfuerzo inútil, solo había que dejarla a fuego lento y se hacía sola.

A Fausto le gustaba estar en la cocina, pero otra cosa empezó a llamarle la atención. Había una ventanilla por la que pasaba los platos al salón y por la que observaba a Silvia, la nueva camarera, retirar los pedidos y servir las mesas. De dónde la habría sacado Babette. No era la clase de chica que uno se esperaba encontrar entre los montañeses: joven, alegre, pinta de aventurera, que sirviera polenta y salchichas parecía otra señal de los tiempos, como las floraciones fuera de temporada, o como los lobos que se decía que habían regresado a los bosques. Entre el día de Navidad y el de Reyes trabajaron sin descanso, doce horas al día siete días a la semana, y así se cortejaron, ella pegándole notas en la pizarra de corcho, él tocando la campanilla cuando los platos estaban listos. Se tomaban el pelo. Dos pastas con mantequilla del *chef*, decía ella. La pasta con mantequilla está *fuera del menú*, decía él. Los platos y los esquiadores iban y venían a tal velocidad que Fausto no había terminado de rascar las ollas cuando reparaba en que fuera había oscurecido. Entonces paraba un momento y pensaba en las montañas: se preguntaba si en la cumbre había soplado viento o nevado y cómo sería la luz en las grandes mesetas soleadas por encima de la altura de los bosques, y si los lagos se parecerían en ese momento a témpanos de hielo o a blandas cuencas nevadas. A 1.800 metros había un extraño principio de invierno en el que llovía y nevaba, y por la mañana la lluvia derretía la nevisca de la noche.

Y una noche, pasadas las fiestas, con los suelos húmedos y los platos secos y ordenados, se quitó el mandil de cocinero y fue al salón para tomar algo. A esa hora el bar se regía por una tranquila y pacífica autogestión. Babette ponía música, dejaba una botella de grapa en el mostrador y los operarios de las pisanieves entraban a pasar un rato cuando terminaban de nivelar los agujeros y los montículos que habían hecho los esquiadores en alguna pista, de subir la nieve caída, de fresarla ahí donde se había helado para que quedara de nuevo granulosa, arriba y abajo en sus orugas durante las largas horas de oscuridad. Silvia tenía un cuartito encima de la cocina: desde el bar, Fausto la vio con una toalla envuelta en la cabeza, arrastrar una silla hasta la estufa y sentarse con un libro. Lo impresionó pensar que acabase de salir de la ducha.

Mientras tanto, escuchaba lo que decía el operario al que llamaban Santorso, como el santo y la destilería. Santorso hablaba de la caza de los gallos lira y de la nieve. De la nieve que ese año tardaba en llegar, de la nieve tan valiosa para proteger del hielo las madrigueras, de los problemas que daba a las perdices y a los urogallos un invierno sin nieve, y a Fausto le gustaba aprender todas esas cosas que ignoraba, pero a la vez estaba muy pendiente de no perder de vista a su camarera. De repente Silvia se quitó la toalla de la cabeza y empezó a peinarse con los dedos, pegada a la estufa. Tenía el pelo negro, largo y lacio como el de una mujer asiática, y había mucha intimidad en la manera en que se lo peinaba. Hasta que se sintió observada, levantó los ojos del libro y, con los dedos en el pelo, le sonrió. A Fausto la grapa le quemó la garganta como a un chico que bebe por primera vez. Poco después los operarios de las quitanieves volvieron al trabajo y Babette se despidió de ellos dos, les pidió que se acordaran de meter en el horno los cruasanes por la mañana temprano, sacó las bolsas de basura y se marchó. Le gustaba poder dejar ahí las llaves, los licores y la música, y que su restaurante facilitase la amistad incluso en su ausencia, que fuese una especie de Comuna de París entre los hielos de Noruega.

# 2

## LOS AMANTES

Esa noche ella fue quien lo hizo subir; si hubiese sido por él, el deshielo habría empezado antes. En el cuartito de Silvia solo había el calor que subía de la cocina, así que el ritual de desnudarse tuvo que ser un poco rápido, aunque para Fausto meterse desnudo en una cama con una chica tan desnuda como él y temblorosa tuvo algo de conmovedor y maravilloso. Había estado diez años con la misma mujer, y seis meses en la insípida compañía de sí mismo. Explorar ese cuerpo fue como tener por fin un invitado: descubrió que era fuerte y sólido, que sus músculos eran robustos, la piel tersa y fibrosa; muy flaco y de poco pecho, que le sobresalían las costillas, las clavículas y los codos, y también los pómulos y los dientes, con los que chocó cuando el sexo de Silvia se volvió un poco violento. Ya no recordaba la paciencia que se requiere para comprender los gustos de otro y para que el otro comprenda los de uno. A cambio, él tenía las manos llenas de quemaduras, cortes, rozaduras, heridas que se había hecho con la maldita rebanadora, así que al final le pareció que de alguna manera le correspondía acariciándola con ellas.

Qué bien hueles, dijo. Es a estufa.

Tú hueles a grapa.

¿Te molesta?

No, me gusta. Grapa y resina. ¿Qué es?

Son las piñas que ponemos en la grapa.

¿Ponéis piñas en la grapa?

Sí, de pino cembro. Se recogen en julio.

Entonces, sabes a julio.

A Fausto le gustó esa idea, era su mes preferido. Los bosques frondosos y umbríos, el olor a heno en los campos, los torrentes gorgoteantes y, arriba, la última nieve, pasado el pedregal: le dio un beso de julio en aquella hermosa clavícula sobresaliente.

Me encantan tus huesos.

Qué bien. Los llevo desde hace veintisiete años.

¿Veintisiete? Han viajado mucho.

Un poco nos hemos movido, sí.

Veamos: dónde estaban tus huesos, digamos, cuando tenías diecinueve.

A los diecinueve estaba en Bolonia, estudiaba arte.

¿Eres artista?

No. Comprendía al menos eso. Que no era artista, quiero decir. Valía más para la juerga.

Eso es lógico en Bolonia. ¿Tienes hambre?

Un poco.

¿Quieres que traiga algo?

Sí, pero si no tardas, ya tengo frío.

Vuelvo enseguida.

Fausto fue a la cocina, buscó en las neveras, pasó por delante del ventanuco de la trastienda y desde ahí vio que los cañones lanzaban nieve por la pista. Cada cañón llevaba un faro que lo alumbraba, por eso la pendiente hacia Fontana Fredda estaba salpicada de esos fuegos artificiales, de esos chorros de agua nebulizada que se congelaban al contacto con el aire. Se acordó de Santorso, que en la oscuridad de la noche allanaba los montones de nieve artificial. Regresó al cuarto con pan, queso, paté de aceitunas, se metió debajo de las mantas y enseguida Silvia se acurrucó a su lado, tenía los pies helados.

Él dijo: Continuemos. Silvia a los veintidós años.

A los veintidós trabajaba en una librería.

¿En Bolonia?

No, en Trento. Tengo una amiga de ahí, Lilli. Después de Bolonia regresó a casa para abrir un local, a mí los libros me han gustado siempre y ya no quería saber nada de la universidad. Cuando me lo propuso, no me lo pensé dos veces.

Así que te hiciste librera.

Sí, el tiempo que duró. Pero fue bonito, ¿sabes? Así descubrí la montaña. Las Dolomitas de Brenta.

Fausto cortó una rebanada de pan, untó el paté de aceitunas y le añadió un trozo de queso fresco. Se preguntó cómo debía de ser *descubrir* la montaña. Acercó el pan a la boca de Silvia, pero no se lo dio.

Dime una cosa, ¿qué haces aquí, al pie del Monte Rosa?

Estoy buscando un refugio.

¿Tú también?

Me gustaría trabajar en un refugio en el glaciar. En el verano. ¿Conoces alguno?

Sí, alguno.

¿Me pasas el queso?

Fausto le tendió la rebanada de pan y queso, Silvia abrió la boca y le dio un bocado. Él aspiró sus cabellos.

Un refugio en el glaciar, dijo.

¿Crees que lo encontraré?

Por qué no. Se puede intentar.

¿Quieres dejar de olisquearme?

Sabes a enero.

Silvia se rio. ¿Y a qué sabe enero?

¿A qué sabía enero? A humo de estufa. A prados secos y helados a la espera de la nieve. Al cuerpo de una chica después de una larga soledad. Sabía a milagro.

# 3

## EL GUARDIA

A Santorso le gustaban las noches en las que bebía, pero también las mañanas que seguían a las noches en las que había bebido. Siempre que no hubiera bebido demasiado, no hasta el extremo de encontrarse mal, solo lo suficiente como para tener algo de resaca. Entonces le daba por levantarse pronto y por salir a caminar, y en esos paseos tenía los sentidos ofuscados y a la vez aguzados, como si en la opacidad general del mundo ciertos detalles se volviesen más vívidos. El primero fue el agua de la fuente: en cuanto salió se lavó la cara y bebió un trago gélido. Fontana Fredda tenía muchas fuentes, antaño todas ellas eran abrevaderos para el ganado, el agua brotaba en verano y en invierno a la misma temperatura, y llegaba hasta ahí de los glaciares por caminos misteriosos y subterráneos. Tanto las fuentes como el pueblo se hallaban en una amplia terraza que se cortaba de repente, descendía quinientos metros de pendiente boscosa, luego ascendía más suavemente en una sucesión de pastos estivales. Ahora las alzadas estaban silenciosas y desiertas, los estercoleros vacíos, las bañeras volcadas en los prados. Bajo el cielo gris y uniforme Santorso vio que en las zonas umbrías quedaba aún un manto de nieve, y en ese manto los pasos de la noche habían dejado sus huellas. Las huellas de una liebre entre los abetos, las de un zorro que fisgaba por los establos cerrados. Las pezuñas de los ciervos que desde el bosque se aventuraban hasta el camino asfaltado, adonde los atraía la sal esparcida por el hielo. Todavía no había ninguna señal de lobos. En otoño habían sido avistados en los dos valles de al lado, por lo que no iban a tardar en llegar, o a lo mejor ya habían llegado, pero estaban en guardia estudiando la situación. Ahí donde la nieve desaparecía las historias también se interrumpían, como las cosas que él solo sabía a medias. Había una regla de su padre que procuraba seguir siempre —nunca se debe volver del bosque con las manos vacías—, y esa mañana se llenó el bolsillo de su chaqueta de cazador con las bayas de enebro que recogió.

Era miércoles y en las pistas iba a haber muy pocos esquiadores. Fue al restaurante, pero Babette todavía no había llegado. Solo estaba el cocinero, mejor dicho, ese cocinero que no era cocinero, trabajando en el silencio de la cocina. No bien oyó la puerta, salió al bar y lo saludó.

¿Café?, preguntó.

Tú eres Fausto, dijo Santorso. Bueno, no, eres Faus.

¿Faus?

Falso cocinero.

El cocinero se rio, contento. Rellenó el filtro del café y apretó el mango, y dijo: Estupendo.

Creo que va a nevar, Faus.

Ya era hora.

Babette entró con el saco del pan y los periódicos. Los periódicos los dejó en el bar y el pan lo llevó a la cocina. Detrás de ella entró el viejo ganadero, que vivía en las casas de abajo. Era una buena hora, entre las ocho y las nueve, porque los esquiadores aún no habían llegado y al bar de Babette iban los conocidos de Fontana Fredda y hablaban de heno y de leche, de provisiones de leña, de la nieve de antaño, que llegaba a los balcones. Fausto se hizo también un café y Babette lo reemplazó en la barra. Santorso la miró fijamente, levantó el mentón en un gesto de complicidad. Ella resopló, cogió la botella de brandy y le echó un chorrito en el café.

¿Y bien? ¿Han llegado los lobos?, dijo el ganadero.

Que vengan, dijo Santorso. Aquí los recibimos a todos.

Te diré algo, como me toquen un animal, me lío a tiros.

Pues qué bien.

No lo digo en broma.

No, no, te creo.

¿Y después qué harías, arrestarme?

¿Yo? Estoy retirado, no arresto a nadie.

La chica, la nueva camarera, también bajó. Sacó un mandil de debajo del mostrador y se lo ató a la cintura. Se sirvió un vaso de agua del grifo y se lo tomó de un trago, luego se sirvió otro. Sí que tenías sed, pensó Santorso.

Fausto dijo: ¿Retirado en qué sentido?

Antes era forestal.

¿Forestal? Pero ¿no eres cazador?

Una cosa no excluye la otra.

Fíjate tú.

La chica llenó una bandeja de vasos y fue a poner las mesas. Cuando pasó al lado de Fausto le rozó una mano, y Santorso habría preferido no verlo. No le gustaban los asuntos de los humanos. Prefería los asuntos de los lobos, de los zorros y de los gallos lira.

Voy a echar la polenta, dijo Fausto.

Te has emboscado muy bien.

Y que lo digas.

*Au revoir.*

Santorso terminó el café, dejó una moneda sobre el mostrador, se despidió de Babette, que ya estaba en otra cosa. Al viejo ganadero no le dedicó ni un gesto. Fuera respiró hondo y pensó: Anoche aquí alguien ha follado. Y luego: Qué bien huele cuando llega la nieve. Con el sabor a café y a brandy en la boca, se prendió un cigarrillo, y en ese instante empezó a preguntarse qué podía hacer durante la mañana.

# 4

## LAS AVALANCHAS

Ahora sí que nevaba: en un par de días la nieve cuajó en los huertos, en las leñeras, en los montones de estiércol y en los gallineros. Era nieve espesa y húmeda, no parecía nieve de enero, y llegó junto con un viento que la empujaba dc través, la incrustaba en los troncos de los árboles y en las mesas de la terraza del Festín de Babette. Como ahí dentro órdenes se impartían pocas, junto a la puerta del restaurante había una pala: a las tres de la tarde del domingo Silvia fue la que se acordó, salió y se puso a despejar la pequeña terraza.

Estaba asombrada de la transformación de Fontana Fredda. El paisaje agrícola que había encontrado en diciembre, una campiña accidentada y boscosa, en una noche se había convertido en un paisaje boreal. Observó la calle por la que los coches salían de los aparcamientos con maniobras torpes, haciendo varios y cortos derrapes. A la gente de paso rígido que volvía con los esquís al hombro. No nevaba mucho, donde Silvia se había criado, y se preguntó si su madre había visto alguna vez lo que ella estaba viendo: si le habría gustado, si se hubiese sentido protegida o amenazada. Vio pasar el quitanieves, que despejó el camino hasta la curva del restaurante, formando un montículo de un par de metros de alto. Luego dio media vuelta, y Silvia comprendió que esa barrera, en invierno, se convertía en la frontera de la civilización: en la superficie blanca del otro lado uno se aventuraba por su cuenta y riesgo, y de repente le entraron ganas de ir a ver cómo era. Más que la pista de esquí, la atraía aquella nieve intacta.

En el bar era la hora de la merienda, del chocolate especial de Babette. A Silvia, Babette le recordaba un poco a su madre: le gustaba servir el chocolate pero no retirar las tazas sucias. Silvia recorrió las mesas, esquivó a los esquiadores y a los hijos de los esquiadores, llenó una bandeja y cargó el lavavasos. Terminado el lavado, colocó las tazas a secar encima de la cafetera.

¿Qué tiempo hace?, preguntó Babette, que agitaba en vano un tubo de nata montada.

Ha dejado de nevar. Han despejado el camino.

¿Te gusta la nieve?

Todavía no lo sé. ¿Y a ti?

¿Y quién la ve ya? La nieve da trabajo. Ay, fíjate cómo hablo.

¿Se te ha acabado la nata?

Me parece que sí.

Te traigo otra.

Fue a la cocina, donde el vaho se condensaba en el único ventanuco que había. La cocinera estaba en la plancha de las crepes, Fausto, en el lavavajillas sacando los platos de la comida. Le sonrió con la frente perlada de sudor: envuelto en el vapor de la máquina, entre pilas de platos sucios, conseguía mantener una noble distancia, como si, recién llegado de la montaña, hubiese parado ahí para echar una mano.

¿Hace calor, chef?

Es una sauna.

¿Te apetece una cerveza?

Por qué no.

Silvia fue al bar con la nata montada y volvió con una cerveza fría. Fausto puso el lavaplatos, cogió la botella y tomó un trago largo. Tenía aún la espuma en los bigotes cuando en la cocina resonó un trueno, claro como el griterío del bar. Silvia se alarmó.

Pero ¿qué es eso? ¿Un temporal en enero?

No, una avalancha.

¿Las avalanchas suenan así?

A veces. Si nieva dos o tres días seguidos, en cuanto hace un poco más de calor empiezan a caer.

Silvia volvió a salir a la terraza con la intención de ver las avalanchas. Observó las montañas de enfrente, la vertiente que daba al norte de Fontana Fredda. Oyó otra vez ese borboteo, el derrumbe, aunque más bajo que antes, y vio un montón de nieve entre las rocas. Enseguida otro desde una pared, como una cascada. La nieve cedía por doquier, se desprendía, ahí donde la pendiente era acusada o donde se había acumulado mucha, y caía siguiendo la forma de la montaña, sus saltos y sus rampas, para luego asentarse más abajo. Después de estar un minuto mirando, Silvia vio caer una auténtica avalancha de un despeñadero. Primero reparó en el rayo y enseguida oyó el trueno, que fue profundo y largo. Era imposible oírlo sin sentir cierta angustia. El montón de nieve cayó un buen trecho, se abultó rodando y arrastrando a su paso lo que encontraba, y cuando paró dejó a un lado de la montaña una mancha oscura, como un muro del que se hubiese desprendido la pintura. Silvia apretó con fuerza los brazos contra el pecho y se quedó observando aquel temporal lejano.

# 5

## UNA NOCHE DE VIENTO

Esa misma noche Fausto la invitó a su cuarto. El sitio que había alquilado era un vestigio de los años setenta u ochenta, con su muestrario de visillos en las ventanas, corazones tallados en los respaldos de las sillas y bordados de edelweiss. Le recordaba los remontes del valle, construidos cuando todavía nevaba a baja altura y que ahora se oxidaban en los prados; pero le tenía cariño a ese agujero como a los sitios en los que se empieza otra vez, llenos de promesas y carentes de desilusiones. Ahí no tenía nada suyo, aparte de las botas en la puerta y algún libro en una estantería, una radio portátil y el cuaderno en la mesa. Silvia vio el cuaderno en cuanto entró.

¿Escribes?

Cuando tengo tiempo.

¿Y qué escribes?

Fausto cogió de la estantería el libro que había publicado años antes. Historias de parejas, en gran parte. Parejas que se cansaban, se traicionaban, se dejaban, o que seguían juntas para luego hacerse todavía más daño. La clase de historias que le interesaban entonces, y que ahora le parecían escritas por otro. Silvia le dio vueltas al libro entre las manos.

Todavía no eras librera, ¿verdad?

Pues no.

De todos modos, duró poco en las librerías.

¿Y eso?

No vendía. Además, el editor quebró.

¿Y no has escrito nada más?

Libros, no.

Ella señaló el cuaderno. ¿Puedo?

Si consigues descifrarlo.

En otoño Fausto había hecho algún experimento. Salía a caminar con el cuaderno en la mochila y paraba al cabo de dos o tres horas, en una zona elevada, donde la altura lo inspiraba, y allí, sentado en una piedra, intentaba convertir en palabras lo que tenía alrededor. Había comprendido enseguida que le quedaba todo por aprender. Se sentía como un músico que había cambiado de género y quizá también de instrumento. No sabía si esas páginas llegarían a ser algo, pero quería intentarlo, y, en cualquier caso, estaba cansado de escribir sobre hombres, mujeres, amores.

Esta escena, dijo Silvia. Con el torrente de noche y el ciervo que se acerca para beber. ¿Te ha ocurrido realmente?

Sí, me gusta dormir a la intemperie de vez en cuando.

¿A la intemperie?

Tengo un buen saco de dormir. Es una especie de ritual de fin de verano. Me despido de él con una noche al aire libre.

Es una buena página.

¿Te parece?

Sí, está bien. Tiene su misterio, no la toques.

Silvia en ese cuarto. Con su cuaderno entre las manos.

Más tarde hicieron el amor a la manera que estaban aprendiendo, y que estaba convirtiéndose en la de ellos. Escucharon el viento, que sonaba de nuevo fuera. Cuando

Fausto fue a cargar la estufa, lo oyó soplar por el tiro y vio que la llama se agitaba. Se acordó de que tenía una botella de vino en alguna parte, la encontró y, con dos vasos, volvió al lado de ella. Silvia lo esperaba sentada contra el cabecero de la cama. Se había puesto el jersey encima de la piel desnuda. Mientras Fausto servía el vino, le pidió que le contara cómo se había hecho escritor.

¿Sabes quién me arruinó la vida? Jack London. Porque yo no creía que tuviese nada que contar, pero la idea me parecía tan emocionante. Escribir, beber, vivir al día. Tener chicas como los escritores.

¿Cómo son las chicas de los escritores?

Están locas.

Le tendió a Silvia el vaso y se metió en la cama con ella.

Ah, pero con veinte años fue bonito creérselo. Sentirse alguien que seguía la vocación.

¿La vocación?

Dejé la universidad porque estaba convencido de que no tenían nada que enseñarme. Leía por mi cuenta todo lo que encontraba. Me ponía a escribir de noche, o en el metro, o en el bar, eso era la vocación.

Yo nunca la he tenido.

¿No?

Siempre he seguido a la gente. Y también me he dejado llevar por el azar. Puede que haya seguido la vocación de los demás.

Pero aquí has venido sola.

Sí, aquí sí.

¿En cambio, sabes qué hice yo en cuanto recibí los ejemplares de ese libro?

¿Qué hiciste?

Fui al registro para cambiar el carné de identidad. Dije que lo había perdido. Y cuando me preguntaron cuál era mi profesión, dije que era escritor. Llevé el libro como prueba.

Silvia se rio. Fausto apuró el vaso por los viejos tiempos.

Ella dijo: Pero después ya no has sido escritor.

Sí y no.

¿O sea?

He aprendido a sobrevivir.

Interesante. ¿Cómo se hace?

Es una historia demasiado triste para una noche tan bonita.

Entonces, me parece que ya la sé.

Bebieron y charlaron hasta que acabaron la botella. A él le gustaba estar despierto y hablar con ella casi tanto como hacer el amor. Incluso ese alojamiento para turistas lograba parecer una casa, y esa cama con el edredón de dibujos navideños, la suya: sus mesillas de noche, sus vasos, el olor de sus sexos en las sábanas.

Silvia empezaba a tener sueño. Estaba tumbada de lado cuando dijo: Verás, encontré un libro de geografía para niños en la librería. Decía que ascender mil metros en los Alpes equivale a desplazarse mil kilómetros hacia el norte.

¿En serio?

Sí, por el clima. La flora, la fauna y demás. Decía que el clima cambia mucho más rápidamente en altitud que en latitud, de manera que un corto desnivel equivale a un largo viaje.

Bonita idea.

De hecho, me dije: bueno, no está mal para viajar por el mundo, si uno no tiene un céntimo. Cogí un atlas y empecé a hacer cálculos. Busqué Berlín, por ejemplo: mil kilómetros. Londres: lo mismo. Pero no asciendes mil metros y te encuentras con Londres y Berlín, la cosa no funciona así. Pero ¿sabes qué hay a tres mil kilómetros al norte de los Alpes?

¿Qué?

El círculo polar ártico.

¿Está a tres mil kilómetros?

¿No te lo crees?

Bueno, sí. Aquí, los glaciares empiezan a tres mil metros.

¿Y el polo norte, a qué distancia está?

A algo menos de cinco mil kilómetros.

Digamos que como la cumbre del Mont Blanc.

Sí. Si asciendes a la cumbre del Mont Blanc o del Monte Rosa, casi puedes hacerte una idea.

Fausto se reía. Silvia bostezó. Él dijo: En Fontana Fredda, entonces, ¿dónde estamos?

¿A qué altura está Fontana Fredda?

A mil ochocientos quince.

Déjame pensar. Debemos encontrarnos entre Dinamarca y Noruega. Casi en Oslo, diría.

¿Oslo?

O quizá un poco más arriba.

Bueno, en efecto, cuando el mundo se inunde, todos estos valles se convertirán en fiordos.

El fiordo de Fontana Fredda.

Una ráfaga de viento sacudió las contraventanas e interrumpió el juego. Fausto se levantó para cerrar y vio a su vieja vecina empujando una carretilla en el callejón entre las casas. No caminaba erguida, el viento y la nieve le dificultaban el paso.

Salgo un momento, dijo. Se puso un jersey, el pantalón y los zapatos sin calcetines ni calzoncillos, salió y gritó para que la mujer lo oyera.

¡Gemma, hola!

Buenas noches.

¿Qué haces?

Voy a recoger heno.

Iba a recoger heno como si fuese la cosa más normal a esa hora de la noche, mientras el viento levantaba la nieve y tiraba los aperos de las terrazas. Con más de ochenta años, Gemma seguía criando una vaca en el establo que tenía debajo de su casa, la ordeñaba y la hacía preñar cada año, después de todas las que se le habían muerto a lo largo del tiempo.

Espera, que te ayudo.

No hace falta.

Por favor, así hago un poco de ejercicio.

Le quitó de las manos la carretilla, que empujó hasta una caseta de chapa. Del bosque llegaban restallidos de ramas que se partían con los golpes del viento. Bajó dos pacas de heno de la pila y volvió hasta la casa de Gemma, donde pegó la carretilla al alero. Cogió una bala y empujó la puerta del establo. Lo acometió el olor al que nunca se había acostumbrado: contuvo el aliento en el espacio alumbrado por una lamparita sucia, entre el estiércol que incrustaba las paredes y las tiras de papel atrapamoscas negras de insectos muertos. La vaca se volvió para mirarlo, el rabo atado arriba con una cuerda. Había plumas de gallina y un conejo en una jaula diminuta, en el heno viejo.

¿Necesitas algo más, Gemma?

No, no. Gracias, gracias.

Entonces, buenas noches.

Adiós.

Fuera respiró de nuevo con fuerza, se desprendió de aquel olor de la nariz y regresó a su cuarto. En la puerta se sacudió las botas para quitarse la nieve de las suelas. Encontró a Silvia dormida, con la almohada debajo de la mejilla y una mano debajo de la almohada, en la misma posición en la que poco antes hablaba con él. Tenía el pelo suelto alrededor y los labios violeta por el vino. Ahí estaba, su exploradora polar: Fausto se desnudó y se echó en la cama al lado de ella. No tenía sueño, así que se puso a pensar en el mar, en el mar que un día inundará el valle hasta lamer los pueblos de madera y piedra, en los refugios que se convertirán en casetas de pescadores, en la luz que habrá y en el aire salobre, mientras fuera el viento del norte no paraba de barrer el fiordo de Fontana Fredda.

# 6

## EL BOSQUE CAÍDO

No eran solamente ramas lo que había oído romperse esa noche. Se habían caído los árboles. Santorso, después de pedirle que lo acompañara a comprobar los daños, le dejó unos esquís con las pieles de foca que Fausto no había usado nunca. Se los pusieron pasado el cúmulo de nieve, al final del camino. De la foca no les quedaba sino el nombre: eran tiras de piel que se pegaban debajo de los listones, para que los esquís se deslizasen en el sentido del pelo y se bloqueasen en el del contrapelo. Santorso le enseñó cómo enganchar las fijaciones y cómo usar el alza de los talones, pero no le explicó cómo desplazarse.

Dijo: Desde los años ochenta no veía a nadie esquiar con pantalones vaqueros.

No tengo otros.

Si por casualidad te sepulta una avalancha, cuando te encuentren te considerarán una antigualla.

Santorso emprendió la marcha. Había una espesa capa de nieve virgen, y avanzó un trecho por el camino, con movimientos fluidos como si patinase sobre hielo. Fausto trataba de imitarlo y de mantener su ritmo, pero se sentía incluso más patoso que con raquetas de nieve. Daba pasos demasiado cortos, y levantaba los pies en vez de impulsarlos hacia delante. Santorso seguía el método didáctico de los montañeros: simplemente avanzaba. Siguió hasta que un tronco caído les impidió continuar. Entonces abandonó el camino, se agachó para ajustarse el alza de los talones y emprendió la cuesta, adentrándose en el bosque.

Eran los alerces los que habían caído por el viento. Aunque más cargados de nieve, los abetos habían resistido. Algunos pinos silvestres estaban volcados con todas las raíces a la vista, extirpadas como plantitas, pero los alerces estaban destrozados. Muchos estaban partidos por la mitad, a dos o tres metros del suelo, y el bosque estaba repleto de esos muñones de árbol, con los troncos pendiendo de través tirados en la nieve, con las ramas desnudas clavadas en el suelo. La mezcla de nieve y agujas diseminadas, de nieve y ramas rotas, de nieve y tierra levantada, daba al bosque un aspecto de lo más lúgubre, parecía devastado. Santorso, tras varias vueltas tortuosas, se hartó: se quitó los esquís, los plantó en la nieve y se sentó en un tronco caído. Dios faus, dijo, que quería decir dios falso, dios inexistente. Se encendió un cigarrillo mientras Fausto llegaba hasta allí trabajosamente.

¿Sabes cuánto tiempo se necesita para limpiar todo esto?

¿Cuánto?

Años. Y también todo el valle.

Al menos es leña que se puede aprovechar, ¿o no?

Lo dudo, no hay una planta recta en este bosque. No quedará más remedio que pagarle a alguien para que se la lleve.

Fausto no sabía qué decir. La melancolía se había adueñado de Santorso, como si él mismo hubiese sido agredido y maltratado. Le dio una calada al cigarrillo y dijo: Esto es lo que hay, Faus. Lobos y viento.

Pobre bosque.

Verás, nunca ha sido gran cosa.

¿No?

Lo plantaron nuestros padres, antes aquí solo había prado. Pero no ha crecido muy bien. No se plantan árboles y ya está, el asunto no es tan sencillo.

¿Cómo es, entonces?

Santorso arrancó un trocito de corteza del tronco en el que estaba sentado. Por fuera era gris y rugosa, por dentro, rojiza. Tenía el color de algo vivo.

Dijo: De niños nos enseñaban que no se debe trepar a los alerces. La *brenga* se parte con facilidad.

¿La *brenga* es el alerce?

Sí.

¿Y dónde se puede trepar?

A los abetos. Es una madera elástica, no se rompe, ¿ves que todos han aguantado? Solo que nadie planta abetos, no valen nada.

Qué lástima.

El alerce es duro y más rentable, pero los niños se caen de sus ramas y se parte con el viento. Dios faus.

Fausto pensó que ese montañero era realmente sorprendente. Un momento después, dijo: ¿No te gustaba ser forestal?

Trabajar en el bosque sí me gustaba.

¿Entonces?

Después nos convirtieron en cuerpo de policía. Eso ya no me gustaba.

Santorso apagó el cigarrillo en la nieve. Arrancó las pieles de los esquís de un tirón, las enrolló y se las metió en la chaqueta. Dijo: Guárdalas en un lugar cálido. Por si las tienes que usar de nuevo. El pegamento se estropea con el frío.

Creo que voy a bajar andando. ¿Dónde te dejo los esquís?

Quédatelos, quédatelos. Practica un poco.

Santorso tiró al suelo los esquís y se los enganchó como si fuesen unas chanclas viejas. Bloqueó el talón para el descenso y recogió los bastones. Entonces partió entre todos aquellos árboles caídos, y a pesar de aquel destrozo daba gusto verlo esquiar en la nieve fresca.

# 7

## BABETTE Y LOS AVIONES

Llegaron los días fríos y brillantes que a Babette antes le encantaban, lo mejor del invierno, los llamaba con entusiasmo. Diez, quince grados bajo cero a primera hora de la mañana, la nieve helada crepitaba bajo las suelas, las cumbres del fondo eran como hojas de cuchillo cegadoras contra un cielo tan denso y pleno, tan nítido que desde Fontana Fredda se veían claramente las alas y los fuselajes, incluso las filas de ventanillas de los aviones que se dirigían a París. Los aviones resplandecían al sol. A veces, cuando los veía pasar, Babette se preguntaba si desde arriba se distinguía Fontana Fredda. A lo mejor era precisamente el momento del vuelo en que el piloto señalaba a los pasajeros el Cervino o el Mont Blanc, y a lo mejor era el momento en que algún pasajero apartaba la vista de la comida y, a mitad de camino entre dos capitales del mundo, veía valles nevados y pensaba: Anda, los Alpes.

Antes ella se sentía sencillamente encantada de vivir ahí donde vivía, nunca se habría cambiado por aquel viajero distraído. Ahora, ya no estaba tan segura. Bajó del todoterreno el saco del pan, recogió la prensa, contó los coches aparcados en la salida del remonte. Si llegaban hasta los cubos de basura, habría hecho el día. Si llegaban hasta la caseta del heno de Gemma, habría llenado el restaurante. Uno de esos días tenía que ir a ver a Gemma y llevarle las sobras de polenta para las gallinas, y también un poco de pastel y alguna mandarina. El saco era demasiado pesado para levantarlo y se limitó a arrastrarlo por la nieve, luego por las escaleras, y cruzó la terraza hacia la cocina.

Decidió con Fausto el menú del día y el que llamaban *menú obrero*, la comida para los trabajadores de las instalaciones. Doce menús fijos a diez euros cada uno: primero, segundo, guarnición, pan y café. Fausto no se resignaba a la idea de que comiesen siempre lo mismo.

¿De guarnición calabacines?, propuso.

Los calabacines ni los tocan, después los tiramos.

¿Y un *risotto* en vez de pasta? ¿Achicoria y puerros?

No te molestes.

Siempre había pasta, carne, patatas, queso; bastaba reemplazar carne por tortilla, para que en las mesas protestaran. Era de eso de lo que Babette estaba harta. De que todo lo que se le podía ocurrir para cambiar algo suscitaba indiferencia cuando no hostilidad, hasta que se rendía y dejaba de intentarlo. De cultivar flores en la terraza, de poner verdura en el menú obrero o de organizar un espectáculo teatral.

El viejo ganadero estaba en su mesa habitual, y dijo: ¿Has visto qué viento?

Ya.

Nunca he oído de un viento que tire los bosques.

Este al menos tira algo.

¿Cómo?

Nada. Era una broma. ¿Café?

Comió a las once con Silvia. Fausto no comía, decía que si comía se le quitaban las ganas de cocinar, pero le encantaba preparar algo original para ellas dos. Ese día hizo *orecchiette* con tomate natural, requesón de cabra y tomillo de montaña. ¿Dónde había encontrado tomate natural en febrero? En Fontana Fredda era como probar una fruta exótica.

Mientras comían, Silvia quiso conocer más detalles sobre su legendaria llegada al valle, en el verano de hacía treinta y cinco años. Esa historia la apasionaba como si le contasen el nacimiento del punk o la caída del muro de Berlín.

Verás, dijo Babette, no es que en Milán en aquella época me perdiese nada especial. Nací tarde. Los años setenta estaban muertos y enterrados y mis amigos solo pensaban en el estadio o en pincharse heroína.

¿El estadio?

Sí. Chutes los sábados, el estadio de San Siro el domingo, un concierto de vez en cuando. Una pena. Entonces me dije: ¿sabéis qué os digo? Este verano me largo a una alzada en la montaña, a ordeñar vacas y a remover estiércol.

Y no volviste.

Al final, no. Quién iba a decirlo.

Pero habría además un hombre.

Claro que lo hubo.

¿Y cómo era?

No diría que guapo. Pero bastante rudo. En la alzada teníamos una mula en la que me llevaba de paseo en cuanto teníamos una hora libre, y enseguida al suelo a hacer el amor detrás de una piedra. Qué frío.

¿Y tus padres?

Los pobres. Una vez a la semana bajaba a llamar por teléfono a mi madre y a decirle que estaba bien. Ella gritaba, me amenazaba, me decía que era menor de edad, que iba a llamar a la policía para que me detuviera. Yo le respondía que me había quedado sin fichas y colgaba.

¿Y con el rudo cómo acabó la cosa?

Como acaba todo con los montañeses.

¿O sea?

Tienen por dentro una rabia que antes o después estalla. La mayoría de las veces estalla con el alcohol. Si me permites un consejo, haz lo que te apetezca pero con él no te cases.

Eso ni se me ocurre.

Y a mediodía en punto llegaron los montañeses con su uniforme de empleados del remonte. Tenían poco tiempo y mucha hambre, no convenía hacerlos esperar más de cinco minutos. Silvia llevaba pan y queso mientras que Fausto echaba la pasta y freía chuletas. Babette de vez en cuando los observaba: forzados a beber agua, se cortaban un trozo de queso fresco y lo masticaban con un placer incompleto, como si el queso supiese a poco. Antes ella les ofrecía vino, pero desde hacía unos años la dirección de las instalaciones se había vuelto más severa. El último que entró fue el que trabajaba en la estación de llegada, a 2.300 metros, expuesto al sol y al viento. El invierno en la alta montaña le marcaba la cara, tenía la piel de los pómulos quemada y arrugas profundas en las comisuras de los ojos. Abrió la puerta del restaurante y exclamó: ¡Ah, rostros pálidos!

Babette no pudo contener la risa. Aquellos hombres le seguían inspirando ternura. ¿Había guerreros pieles rojas en París? El jefe indio se sentó con los de su tribu, Silvia les sirvió la pasta y luego empezaron a entrar también los esquiadores, con botas, cascos, monos y niños hambrientos, y Babette se puso en la caja para cobrar.

# 8

## EL PELO

Una noche el humor de Fausto cambió debido a una llamada de teléfono. Había estado mucho rato en la cocina y Silvia no quería preguntarle con quién ni sobre qué había hablado. No quería saber nada sobre su chica anterior. Dijo: Si no te apetece, podemos hacer otra cosa. Perdona.

No tienes por qué pedir siempre perdón.

¿Pido siempre perdón? Me habré acostumbrado.

Nevaba otra vez, pero en el cuarto la estufa estaba prendida y se sentían a gusto desnudos bajo las mantas. Ella le acarició una pierna con el empeine. Le agarró una mano, la parte de él que prefería. Tenía una astilla clavada en la palma, que le besó.

Puede que solo esté harto del invierno.

¿No es un poco pronto para estar harto del invierno?

Es marzo, tengo ganas de ver de nuevo la hierba. Quiero ir a pescar, quiero bañarme en un torrente.

¿Sabes pescar?

No.

¿Quieres que nos demos un baño?

No hay suficiente agua caliente para un baño.

¿Y para que me lave el pelo? ¿Quieres lavármelo tú, con esas manos preciosas?

Fausto no era alguien que pudiera rechazar una propuesta así: se levantó y se puso los pantalones. Cargó la estufa, llenó una olla de agua y la puso a calentar. Llevó una silla al cuarto de baño y extendió una toalla sobre el respaldo, hizo sentar a Silvia y le pidió que reclinase la cabeza sobre la bañera. Todo era muy profesional. Después le mojó el pelo: era abundante y tupido, y cuando lo enjabonó hizo mucha espuma.

Ella dijo: ¿Sabes que a lo mejor he encontrado un refugio?

¿En serio? ¿Cuál?

Se llama Quintino Sella.

¿El Quintino Sella en el Rosa?

Supongo. Babette es amiga del encargado, he hablado con él esta mañana.

Si yo conozco el Sella.

Ah, ¿sí?

Fausto metió los dedos en la espuma, frotó, pensó, frotó de nuevo, luego dijo: Refugio Quintino en el Felik, 3.585 metros. La primera vez tendría ocho o nueve años.

¿Qué es el Felik?

El nombre de un glaciar.

¿Con ocho años te llevaban allí?

Sí, era normal. Había más niños. Al principio solo hasta el refugio, subíamos y bajábamos el mismo día. Con algún año más, dormíamos ahí para subir al Castore a la mañana siguiente.

¿El Castore?

Es una cumbre del Rosa, 4.226 metros. Una de las más hermosas.

Pero ¿te acuerdas de todas las cotas?

¿Cómo voy a olvidarlas? Nombres, cotas, ya sabes cómo son los niños.

Fausto cogió la alcachofa de la ducha y empezó a enjuagarle el pelo. Paró cuando notó que el agua empezaba a entibiarse. El calentador eléctrico no era suficiente para el cabello de Silvia. A continuación le pasó el suavizante que ella le había dado.

¿Valgo como peluquero?

Desde luego. Cuéntame más cosas del Castore.

Se llega por una cresta. Desde el collado de Felik, Felikjoch. En algunos puntos es un verdadero filo de nieve. Desciende a derecha e izquierda, con grandes precipicios a cada lado. Cuando eres niño te enseñan que, si el compañero que va delante de ti se cae hacia una vertiente de la cresta, te tienes que tirar enseguida hacia la contraria, si no, te arrastra con él.

¿Te ha pasado alguna vez?

Solo como un juego. Una vez el guía nos ató e intentó que lo hiciéramos. Un niño fue hacia un lado, yo hacia el otro.

Qué horror.

Divertidísimo.

Fausto fue a la cocina y regresó con la olla de agua caliente. Dijo: Ahora echa la cabeza hacia atrás.

¿Así?

Sí. Cierra los ojos.

Echó el agua directamente de la olla, que sujetaba de las asas, muy despacio.

Oh, dijo Silvia, qué gusto.

Ya está. La exploradora polar tiene el pelo lavado.

Gracias, chef.

Ya no soy chef. Soy *coiffeur*.

*Alors merci mon coiffeur*.

Fueron a sentarse en la cocina, al lado de la estufa. Fausto metió otro tronco y ella empezó a secarse el pelo con su método infalible. Abrió la portezuela de la estufa y fue acercando poco a poco los mechones al fuego, que peinaba con los dedos de una mano sobre la palma de la otra. Los sujetaba ahí apenas unos segundos, antes de que se quemasen. El pelo echaba humo.

Felik, dijo Fausto, en la antigüedad era el nombre de una ciudad. Un día llegó un extranjero. Llamó a todas las puertas pero nadie quiso alojarlo, así que mientras se marchaba lanzó una maldición. Dijo: en esta ciudad de mierda nevará mañana, pasado mañana y todos los días siguientes, hasta que quede sepultada bajo la nieve. Por eso ahora, en lugar de la ciudad de Felik, hay un glaciar.

Lo tiene merecido. ¿Hace mucho que no vas?

Unos veinticinco años.

Y si me cogen, ¿vendrás a verme?

Por supuesto. Espera, voy a enseñarte algo.

Fausto fue a buscar el mapa 1:25.000 y lo extendió en el suelo. El refugio Quintino Sella estaba en la parte alta del mapa, en la base de los grandes glaciares del Rosa. Cada glaciar tenía un nombre: de Verra, de Felik, del Lys. El refugio estaba representado por dos cuadraditos negros.

¿Por qué son dos?

El otro es el refugio que había antes. Lo han dejado ahí, al lado del nuevo.

¿De cuándo es?

Será del siglo XIX. O a lo mejor ya estaba reconstruido, no lo sé. Todos esos refugios se han quemado mil veces, les han caído rayos, los han derrumbado avalanchas. Recuerdo que una cabaña fue arrasada por el viento porque alguien se había dejado la puerta abierta. Volvieron en primavera, y ya no había cabaña.

¿En serio?

Eran las historias que me contaba mi padre.

¿Era alpinista?

Sí, dominguero.

Fausto se rio. Hablando de glaciares y refugios se había olvidado de la llamada telefónica. Observó el mapa y reparó en que, en la esquina inferior, al otro lado del Quintino Sella, quedaba Fontana Fredda. Si el mapa medía un metro de largo, estaban a unos veinte kilómetros en línea recta. Se le ocurrió una idea en la que tenía que profundizar y le enseñó a Silvia el sendero hacia el refugio. El fuego centelleaba entre los cabellos negros de ella y en el mapa el glaciar era blanco y azul, y estaba señalizado con pequeñas nervaduras celestes.

## 9

## UNA MÁQUINA PISANIEVES Y DOS GALLOS

El invierno de Santorso terminó un sábado de marzo, al anochecer. Después de comer durmió, cosa que hacía rara vez, y se despertó cansado, un poco embotado. A las cinco llegó al garaje y llenó el depósito de la máquina pisanieves mientras los esquiadores del último recorrido, los rezagados, los amantes de la tarde, seguían trazando curvas en el barro. Al final de la temporada la nieve empezaba a ablandarse a mediodía, más tarde se derretía: él tenía la impresión de que quería ser de nuevo agua, poder empapar la tierra y correr hacia el valle. Vio detenerse el remonte con los asientos vacíos. Subió a la cabina y agradeció la calefacción, el asiento acolchado, el motor que vibraba masajeándole la espalda. Después del último esquiador, el pistero pasó para cerrar, retirar postes y carteles, comprobar que ya no quedaba nadie, y entretanto oyó en la radio al compañero que lo seguía, movió las palancas de las orugas y reanudó la marcha. Abajo la pista era un colador, estaba salpicada de manchas oscuras: en las semanas siguientes su trabajo iba a consistir únicamente en remendar y coser, en quitar nieve de un lado para tapar un hueco en otro, en ir tirando hasta Semana Santa y en dejar después que esa bendita nieve hiciese lo que se le antojara.

Y sin embargo ese oficio le gustaba, podía estar solo en la montaña y ver anochecer. Manejaba su máquina pisanieves entre las largas sombras de los alerces, cuando se ponía el sol. Ya no encontró a nadie, salvo a Fausto, que subía con las pieles por el borde de la pista. Con él, el pistero seguramente había hecho la vista gorda: después de todo, era el que le ponía los espaguetis cada día en el plato. Notó que había practicado desde la última vez, empezaba a arreglárselas bastante bien, aunque con los vaqueros y la camisa a cuadros parecía más un leñador que un esquiador. Las dos pisanieves lo adelantaron y Fausto levantó un bastón para saludar.

Pero ¿y ese quién es?, preguntó el de la otra quitanieves por radio.

El cocinero de Babette.

Estamos buenos.

Se separaron donde la pista se bifurcaba. Ahora que no veía a nadie en el retrovisor, encendió un cigarrillo y puso música. Sobrepasó el punto de llegada del remonte, avanzó por el tramo que los operarios de las quitanieves empleaban para hacer maniobras y se detuvo cerca de una gran roca que sobresalía de la nieve. La nieve ahí era todavía alta y compacta. La usaría para rellenar los agujeros del fondo de la pista. Pero ahora cogió los prismáticos, abrió la portezuela de la cabina, se sentó en las orugas y se puso a mirar la linde del bosque.

Sabía dónde buscar y esa noche por fin los encontró. Dos hermosos gallos adultos, negros sobre la nieve blanca, en plena lucha. Los gallos lira elegían siempre los mismos lugares para enfrentarse, un año después regresaban a su lugar de batalla. Salían al anochecer, cuando el sol ya se había puesto detrás de las cumbres pero aún no se había apagado, a esa hora que los franceses llaman *entre chien et loup*.

A Santorso le gustaba esa expresión. Entre el perro y el lobo, entre el crepúsculo y la oscuridad los gallos lira salían a darse con saña, usaban patas, picos, alas, todo cuanto tenían para luchar, tan furiosos al principio de la temporada de los amores que hacían caso omiso de un tractor con orugas, de un hombre con unos prismáticos e incluso del rocanrol. Santorso observó las hermosas cejas rojas de los gallos, las plumas hinchadas para asustar a su adversario. En algún lado, las hembras esperaban al ganador. Hubiera o no nieve, para él eso siempre había sido el principio de la primavera.

# 10

## LA GASOLINERA

Para los animales empezaban los amores y para ellos dos terminaban, o se suspendían. El lunes de Pascua el remonte telesilla paró por última vez, los esquiadores salieron de Fontana Fredda como aves migratorias, Babette preparó un cartel que ponía cerrado por vacaciones. Anunció que se iba a una isla, cuyo nombre no quiso revelar ni tampoco su ubicación. A todos les pagó lo que les debía, añadió una pequeña propina, no dijo nada de cómo había ido la temporada, pero el último día llegó un hombre con chaqueta y corbata que se sentó con ella a una mesa para revisar carpetas de facturas. Fausto sabía bastante de deudas como para que la escena suscitase en él un deseo de rebelión.

Salió con Silvia el jueves siguiente. Fueron a Tre Villaggi, donde todavía había algún local abierto. Nunca habían salido a cenar y les incomodaba un poco ir de pareja en la pizzería. Sin sus delantales de cocinero y camarera, sin su cama y su estufa, sin sus almohadas y sus vasos eran, de nuevo, un hombre de cuarenta años y una chica de veintisiete, cuyos caminos estaban a punto de separarse.

Entonces ¿adónde te vas en primavera?

De momento, al Trentino. Hay mucho trabajo en esta época del año. Huertos y frutales.

¿No quieres quedarte un poco más? Yo te alojo.

Ya prácticamente he quedado con mis amigos. Pero te advierto que voy a volver, ¡eh!

Claro.

Este verano nos toca el Quintino Sella.

Lo sé.

¿Y tú?

Tengo que resolver unos asuntos en Milán. Luego, quién sabe, también podría hacerme un huerto.

A él no se le había ocurrido comprarle un regalo, a ella, sí. Era una edición de las *Treinta y seis vistas del monte Fuji*, de Katsushika Hokusai. Fausto sabía poco tanto de Japón como de historia del arte, y de esos dibujos solo conocía el más famoso, aunque nunca lo había observado bien. Ahora descubrió que se titulaba *La gran ola de Kanagawa*. Mirándolo mejor, se dio cuenta de que la gigantesca ola arrastraba tres botes de pescadores, y que debajo de la cresta espumeante, en el centro del dibujo, había un pequeño volcán nevado, el monte Fuji. Era evidente el contraste entre la impasibilidad de la montaña y la agitación de la ola en primer plano.

Hojeó más páginas: Háblame de este libro.

Es de 1833, dijo Silvia. En Japón tuvo mucho éxito enseguida, eran los grabados que la gente colgaba en casa. Todas son vistas del Fuji, pero el verdadero tema es la vida cotidiana que aparece delante. El trabajo y el paso de las estaciones. Eso es al menos lo que yo creo.

Parecen modernísimas.

Sí. Asombraron también a los impresionistas.

¿Y cómo era Hokusai?

Un tipo que hizo miles de dibujos así. Era como los dibujantes de manga, muy trabajador. Firmaba: El viejo loco por la pintura.

¡El viejo loco por la pintura!

Cada escena tenía un título y su descripción. Todos eran campesinos, pescadores o carpinteros ocupados en sus labores y casi siempre ajenos a la montaña que los vigilaba, unas veces enorme sobre sus cabezas y otras diminuta en el horizonte. En una escena, algunas mujeres elegantes señalaban el Fuji desde la terraza de un salón de té. Y en otra al final del libro figuraba solo la montaña, a toda página.

Pero no hay cocinero y camarera, dijo Fausto.

¿No?

Amantes, tampoco.

Bueno, nosotros sabemos que sí hay.

Es un regalo precioso. Gracias.

Era su última noche, así que, en vez de regresar a Fontana Fredda, decidieron prolongarla en los bares del valle. Todos los bares para turistas estaban vacíos y melancólicos, pero encontraron bajo la marquesina de una gasolinera, donde los montañeses celebraban el final de la temporada de esquí. Sin el uniforme de la empresa, con la última paga en el bolsillo, sin pruebas de alcoholemia en los siguientes seis meses. El ambiente era tan alegre que Silvia se puso a bailar entre las mesas, y entonces Fausto comprendió a qué se refería cuando le dijo que valía para divertirse: mecía su cabellera de india de un lado a otro mientras los hombres silbaban; toda la atención del local se concentró en ella. Llegaron dos cervezas que no habían pedido y buscó al que les había invitado. Un hombre con sonrisa de loco levantó su vaso hacia él desde la barra.

Ella regresó a la mesa y Fausto dijo: Se acabó.

¿Por qué?

Porque ahora todos tenemos que pagar una ronda. Por tu culpa. Me despido antes de desmayarme.

Silvia tomó un trago de cerveza, le agarró la cara con las manos y le dio un beso. Estaba sudada, excitada por el baile y por las miradas y ya un poco borracha.

Dijo: Pero no se ha acabado para nosotros, ¿verdad? ¿No?

No.

Yo creía que solo era un rollo para el invierno, dijo él.

¿En qué sentido?

Para no pasar frío.

Ella arrugó las cejas. Le tiró de la barba para regañarlo por lo que había dicho. Replicó: ¿No te me volverás malo, ahora que te vas a quedar aquí solo?

No estoy solo. Mira cuánta gente hay.

Venga.

No, no. Te lo prometo.

¿Quieres que nos marchemos?

Baila un tema más, me gustas mucho.

La música salía del pequeño bar y fuera unos fumaban, otros paraban para repostar gasolina. Los que paraban veían el jolgorio y entraban para beber algo. Los bosques se erguían más allá de las casas, oscuros e indistintos hasta la altura de los prados, donde la nieve reflejaba la luz de la luna.

# 11

## UNA CASA VACÍA

Cuando por fin se decidió a hacerlo una mañana de abril, Fausto montó en el coche temprano, a la hora en que el sol aún no había despuntado por el cerro Finestra. Ahora ya se veían tramos de prado emergiendo de la nieve, pero era hierba vieja, gris, y parecía ensuciar el blanco, como la ceniza de las estufas arrojada fuera de las casas y los montones de estiércol que empezaban a apestar. Un poco más abajo quemaban esa hierba, que ardía dejando franjas de prado negras. Después de todo un invierno en la montaña, Fausto sintió una especie de estupor cuando bajó al valle: en Tre Villaggi prácticamente ya no había nieve, y debajo de los mil metros la hierba cobraba color. El bosque de abetos y alerces se pobló de abedules, robles, hayas, arces, castaños, se volvió más tupido y exuberante, y las casas en vez de ser de piedra eran de ladrillo y tejas, y los almacenes, de cemento. En el peaje de la autopista puso instintivamente la radio y oyó el noticiario de las ocho. Todo llegaba a la vez: el valle, la autopista, los camiones, las ocho de la mañana, las noticias intrascendentes del día. Había estado fuera un tiempo, pero el mundo no había dejado de interesarle. Paró en un autoservicio solo por el gusto de tomar un café entre los camioneros y los viajeros. En la Turín-Milán siguió viendo el Monte Rosa a lo largo de muchos kilómetros, primero detrás de campos y granjas, después como fondo de centros comerciales y establecimientos del extrarradio. *El monte Fuji descuella por encima de las fábricas y el tráfico matinal*, pensó. No eran ni las nueve y media cuando entró en Milán. Siempre le había gustado esa absurda cercanía de los Alpes a su ciudad, la de veces que se había ido a la montaña siguiendo un impulso, tras una discusión o con ganas de estar solo: se subía al coche y llegaba allí en un par de horas. Ahora habría preferido que las dos mitades de su vida estuviesen más distantes entre sí, que el viaje fuese largo y complicado, que implicara trenes, carruajes y caminos de herradura como se cuenta en los diarios de los viajeros ingleses del siglo xix.

Mientras esperaba ante el semáforo en rojo, pensó: Dios mío, uno realmente se acostumbra a todo. Incluso podría acostumbrarme a esto de nuevo, solo necesitaría una semana. Cogió la circunvalación instintivamente, dio la vuelta por el puente de la Ghisolga, aparcó en la calle lateral. En la plaza del barrio iban y venían mensajeros peruanos, había árabes ociosos sentados a mesas al aire libre, africanos esmirriados y altos esperando la colada en la puerta de las lavanderías de autoservicio. La humanidad era como el bosque, pensó: a menor altura, más variada.

Entró en un patio de casitas amarillas, con contenedores de reciclaje a un lado y soportes para bicis al otro, y abrió con su llave una puerta que tenía, enfrente, un banco y flores. Estaba preparado para un triste espectáculo, pero cuando cruzó el umbral lo que le chocó fue el olor: no era olor a abandono, sino el inconfundible y misterioso olor casero, todavía muy presente. Y sin embargo no quedaba casi ningún mueble, aparte de la cocina que no merecía la pena desmontar y un sofá del que querían desprenderse desde hacía años. Algún cartel en las paredes, alguna estantería vacía. La casa era de techo alto y de ventanas grandes porque, en una vida previa, había sido el taller de un artesano, y Fausto subió por una escalerilla de hierro al altillo heredado de aquellos tiempos. Veronica le había dejado ahí un rollo de bolsas de basura negras y un montón de cajas. No había tocado la ropa de él que había en el armario ni los libros de la biblioteca. Había separado las cosas de él y las de ella de forma ordenada, sin resentimiento, en el que había sido su dormitorio. Fausto agradeció ese cuidado, vio en ello el deseo de un final digno.

Llenó una bolsa con cosas que quería tirar, fue a los contenedores, de regreso entró en un bar para comprar un par de cervezas frías. Veronica llegó cuando estaba cerrando las cajas de libros. En la casa ya no quedaban mesas ni sillas, tampoco tazas ni vasos ni ceniceros, así que ella se tomó la cerveza apoyada en el tablero de la cocina, tirando la ceniza del cigarrillo en el fregadero, y él bebió sentado en el viejo sofá desfondado. Se saludaron con un beso en la mejilla. Solo con uno, no con dos, distantes pero no formales. Antes, cuando volvía de la montaña, lo primero que Veronica hacía era desnudarlo y mandarlo a la ducha: al besarla, Fausto se acordó de eso, y se avergonzó del olor que seguramente tenía. Tendría que haberse lavado antes.

Ella dijo: ¿Qué tal en la montaña? ¿Escribes?

Bueno, no mucho.

¿Qué has hecho todo el invierno?

He sido cocinero.

¿Cocinero?

En un restaurante pequeño. Está bien, ¿sabes? Es mejor que muchos otros trabajos. El menú es sencillo, son siempre los mismos cuatro platos.

Quién iba a imaginárselo.

Yo no, desde luego.

Bueno, siempre te ha gustado cocinar.

Eso sí.

¿No te llevas tus herramientas, tus ollas buenas?

No sabría dónde meterlas. ¿Tú no las quieres?

Si no sé cocinar. Veronica sonrió. A lo mejor aprovecho para aprender. Así dejo de encargar porquerías de noche.

Tomó un trago de la botella, mostrando su largo cuello. Tras más de seis meses sin verla, a Fausto le pareció una mujer guapa de cuarenta años, en la temporada en que las mujeres en Milán empiezan a quitarse ropa. En primavera su piel desnuda lo impresionaba siempre, cuando descendía de una altura en que las mujeres todavía iban cubiertas de lana. Los brazos, los tobillos, las pantorrillas y las formas que se intuían debajo de la ropa. El de Veronica era un cuerpo más maduro y más lleno que el otro al que se había acostumbrado hacía poco. Sin duda había adelgazado un poco. A saber si porque no comía o porque estaba saliendo con alguien.

¿Tú estás bien?, dijo él.

Ella se encogió de hombros. Tengo trabajo y me pagan. En esta época, eso no es poco.

¿Y aparte del trabajo?

¿Qué quieres que te diga? No era aquí donde me imaginaba encontrarme en este momento de mi vida.

Lo siento.

Lo cierto es que no me has ayudado mucho.

Tienes razón.

¿Sabes que tu madre me llama una vez a la semana?

No, no lo sabía.

¿Pero te acuerdas de que tiene ochenta años?

Mañana voy a verla.

¿Alguna vez, mientras haces tu *decrecimiento feliz*, piensas en los demás?

Era Veronica. Todo lo que le decía era cierto y justo, desde luego. De manera que Fausto siguió pidiéndole disculpas a aquella hermosa mujer a la que tantas y tantas veces le había preparado la comida.

# 12

## EN OTRO PAÍS

Volvió a verla a la mañana siguiente, en un despacho del centro de Milán, a mitad de camino entre la catedral y la piazza degli Affari, en uno de esos edificios de mármol en los que parece que solo hay abogados, asesores fiscales y notarios. Se sentó a una mesa ovalada entre Veronica, el notario, el encargado del banco, la chica que iba a vivir en su antigua casa y el padre que se la compraba. Debido a la crisis económica la vendían por algo menos de lo que les había costado, y gran parte de esa suma iba a amortizar la hipoteca que para ambos había equivalido a un matrimonio. El del banco tenía aspecto de tener que aguantar muchas lecturas de actas notariales. La chica estaba ansiosa por recibir las llaves, el padre era el único que atendía cada palabra. Lo único que Veronica quería era que aquello terminase y Fausto pareció escuchar su ceremonia de divorcio: «¿Fausto Dalmasso, quieres renunciar a esta mujer, dejar de compartir tu vida con ella, recuperar la mitad de lo que teníais juntos y no hacer más el amor con ella y no preocuparte más por ella, librarla del peso de tu persona, y no saber nada más de esta mujer hasta que la muerte os haga picadillo?». Sí, quiero, pensó, y firmó donde había que firmar. Deseó que aquella chica fuese feliz en la nueva casa, que fuera un sitio importante para ella y que pasase ahí sus mejores años. Después de las firmas, el padre entregó los sobres con los cheques de caja, uno al banco y uno a Fausto, que se guardó en el bolsillo de la chaqueta poco más de ocho mil euros. Con cuarenta años, era cuanto poseía, aparte del coche, y salió de aquel despacho en parte amargado, en parte aliviado.

Entonces, adiós, le dijo a Veronica en la calle.

Qué pena, ¿no?, dijo ella. Le brillaban los ojos. ¿Qué haces ahora, regresas a la montaña?

No tengo prisa. ¿Nos tomamos un café?

No, me voy a la oficina. Ya es tarde. Además, ¿para hablar de qué? Adiós, Fausto, adiós.

Un beso en la boca, esta vez. Después ella se dio la vuelta y se alejó a buen paso por la avenida. Él, que no tenía prisa, le observó la espalda hasta que desapareció en un soportal, entre la gente.

Cuándo volveré al centro de Milán, se preguntó, así que decidió pasear un poco antes de marcharse. Casi ya ni se acordaba de la catedral, de la gran plaza, que acababan de pavimentar y limpiar, del monumento ecuestre a Víctor Manuel, de los austeros edificios de los siglos XIX y XX que contrastaban con las extravagancias góticas de la catedral. Se acordó de Hemingway y de ese relato sobre Milán que había leído varias veces, ¿cómo se titulaba? «En otro país», eso es. Habla del canal navegable que entonces todavía pasaba por el centro, de una vieja que vendía castañas asadas en un puente, de un veterano de guerra que de camino al hospital compra un cucurucho y se guarda las castañas calientes en los bolsillos. Debía de ser octubre o noviembre. Había zorros y ciervos colgados en las puertas de las tiendas, con el pelo erizado por el viento y los cuerpos meciéndose, y cuando salían del hospital los soldados cruzaban la plaza para ir al café Cova, cerca de la Scala, lleno de chicas patriotas. Fausto se acordó del principio: «En el otoño la guerra estaba siempre ahí, pero nosotros ya no íbamos». Memorable, sin duda. Le habría encantado leérselo a Silvia en su cuartito. Tenía mucha práctica en contarlo en voz alta, lo había empleado durante años en los cursos de escritura, y cuando se lo explicaba a los estudiantes hablaba de la cura, del curarse, del compartir con los demás las propias heridas, de la imposibilidad de curarse del todo y de la posibilidad, en cambio, de encontrar una solución. Ahora prefería recordarlo como un relato sobre Milán en 1918. Una época en que se vendían piezas de caza en las tiendas del centro de Milán. A Silvia no iba a hablarle de heridas y de curarse, si acaso, de deserciones: en el frente la guerra sigue, pero que la haga otro, nosotros nos vamos de paseo con las castañas en los bolsillos e invitamos a las chicas en el bar. Pensar en eso le dio sed. Cruzó la Galería y le alegró comprobar que se seguía acordando de las calles de Milán. Llegó al Cova, que ahora no estaba al lado de la Scala sino en Monte Napoleone, entre las boutiques frecuentadas por las esposas de los millonarios rusos. ¿O eran las amantes? Pidió una copa de champán en la barra para brindar por su reciente fortuna. Acababa de divorciarse y de vender la casa, pensó, y tomaba champán solo a las diez de la mañana. El barman debía de estar acostumbrado a las rarezas de los rusos, y le sirvió como si tal cosa.

# 13

## UN HOSPITAL EN EL VALLE

Cuando regresó a Fontana Fredda, en la tienda donde compraba oyó decir que Santorso había tenido un accidente. Ahí no sabían con exactitud qué le había ocurrido, salvo que estaba en la montaña y que se lo habían llevado en helicóptero, pero en el pueblo corría el rumor de que lo había arrastrado una avalancha. Fausto preguntó en el kiosco y también en el bar: todo eran suposiciones, nadie sabía, no entendían por qué se inmiscuía ese tipo, ese cocinero que se quedaba ahí fuera de temporada. Quizá por las cosas que acababan de pasarle en la ciudad, Fausto decidió inmiscuirse de verdad: no necesitó preguntar el camino, el helicóptero iba y volvía de un solo sitio.

Condujo cincuenta kilómetros hasta un moderno hospital de provincia, bien señalizado y con un aparcamiento muy grande, a los pies de las montañas. En el coche cayó en la cuenta de que no sabía ni cómo se llamaba Santorso. Pero tenía cierta experiencia de hospitales, le había tocado frecuentar alguno: preguntó por un hombre que había ingresado en Urgencias, ahora debía de estar en Traumatología, y dijo uno de los dos apellidos que tenían casi todos en Fontana Fredda. Acertó al primer intento. Había un Luigi Erasmo Balma ingresado en la tercera planta.

Encontró a Santorso, o a Luigi Erasmo, en la cama con un vendaje en la cabeza. Tenía otros dos en las manos: dos vendajes abultados como guantes de boxeo, que llegaban hasta medio antebrazo. Estaba despierto, o más que despierto, estaba muy alerta.

Dijo: Oh. Vaya sorpresa.

¡Luigi!

¿Qué haces aquí?

Nada, te buscaba.

¿A mí?

Pero ¿qué has hecho?

Había que romper el hielo: Santorso se enderezó y apoyó la espalda en la almohada, y Fausto miró a su compañero de habitación. Era un hombre mayor a cuyo lado había sentada una mujer de mediana edad. La mujer también los miraba, hasta que, para no ser inoportuna, se volvió y se siguió ocupando de su padre, o lo que fuese.

Una chorrada, dijo Santorso. Había perdido un esquí, y en vez de dejarlo donde estaba, decidí regresar para recuperarlo. El terreno era un poco empinado, bajé por unas rocas y empezó una lluvia de piedras.

Pero ¿dónde?

¿Sabes dónde está la Valnera?

Claro.

¿Conoces la cumbre con barreras contra avalanchas?

Sí.

Detrás de eso, en un sitio tonto. Buscaba gallos.

¿Y te caíste?

No, aguanté. Pero quizá habría sido preferible que me cayera.

Hizo el gesto de levantar los brazos vendados, miró el

techo de la habitación y dijo: En cuanto la oí venir, me agarré con fuerza a la roca. La cabeza la protegí más o menos, pero me cayó de lleno en las manos.

Coño.

Fue como meterlas debajo de la rueda del tractor. Por lo menos llevaba los guantes duros.

¿Se rompieron?

Ya ni sé por cuántos lados.

¿Y la cabeza?

Bah, esa nunca me ha servido.

En la mirada todavía se le notaba el miedo que había pasado. Estaba débil y le costaba hablar. Impresionaba verlo en la cama, con el pelo estropajoso, sin afeitar, el cuello moreno y esas vendas blancas y limpias. Sin embargo, pasada la sorpresa, dio la sensación de que se alegraba de la visita. Poco a poco se iba animando.

Has hecho un largo camino para venir a verme.

No sabía si venir, pero decidí hacerlo... Porque en el pueblo nadie me decía nada.

¡En el pueblo! Esos ya me habrán dado por muerto.

Más o menos.

Me siento como si hubiera recibido una buena paliza.

De hecho es lo que te ha pasado.

Menudo vendaval, ¿eh, Faus? ¿Te acuerdas de ese día en el bosque?

Sí, pero no te tumbó. Eres duro de pelar. ¿Te han operado las manos?

Habrá que esperar a que se deshinchen un poco.

Claro.

Hablaron unos minutos más, hasta que una enfermera entró para cambiarle la medicación, y Fausto pensó que había llegado el momento de despedirse. Le preguntó si necesitaba algo y le prometió que no tardaría en volver a visitarlo. Santorso no estaba acostumbrado a esa clase de atenciones, se olvidó de darle las gracias pero se despidió de él emocionado. Se dejó curar por la enfermera con el mismo turbado agradecimiento.

Fausto fue a buscar a un médico, y casi enseguida encontró a uno. Era un hombre de unos sesenta años, con la tez bronceada de vivir en el campo y habituado a hablar llanamente. Le dijo que ya había visto manos tan destrozadas: en obreros, cuando las metían debajo de las prensas hidráulicas. No se explicaba cómo Santorso había podido llamar al rescate alpino con esas manos, seguramente lo había hecho inmediatamente después del accidente y antes de que se le quedaran paralizadas. Había perdido mucha sangre, en el helicóptero se había desmayado por la hemorragia y ahora estaba saturado de antibióticos y anticoagulantes. De todos modos, aunque el médico descartaba que esas manos volvieran a ser las mismas, de alguna manera lograría ponerlas de nuevo en funcionamiento.

Añadió algo que no tenía nada que ver con la traumatología, le dijo a Fausto que las condiciones generales del señor Balma podían considerarse espantosas. Tenía el hígado de un alcohólico y las arterias endurecidas y obturadas, en cualquier momento podía sufrir una isquemia o algo peor. Hacía años que no lo veía un médico ni se hacía un análisis de sangre. Típico de los montañeses.

Empezó a hablar en plural, a decir *ellos* en vez de *él*, y dijo: Ya sabe cómo son. Con lo que comen, a los cincuenta años tienen más grasa que sangre en las venas. Aun así, no cambian de hábitos. Es como si esperaran lo inevitable.

Fausto asintió, no sabía qué decir.

No es su tío, ¿verdad?

No.

Pero ¿este hombre no tiene ningún pariente?

No lo sé, tengo que preguntar.

Bueno, si da con él, dígale que lo venga a ver. En tres días, usted es el primero con el que hablo. Además, alguien tendrá que atenderlo cuando lo mandemos a casa, con dos manos escayoladas no es que pueda hacerse gran cosa.

Sí, me hago cargo.

Cuando salió del hospital, fue a ver el helicóptero del rescate alpino más por curiosidad que por otra cosa. Había tardado una hora en llegar en coche desde Fontana Fredda, pero en línea recta no había mucha distancia, la habría cubierto en cinco minutos. Encontró a la tripulación cerca del aparcamiento. Reconoció al piloto; era un hombre famoso en la zona: se llamaba Dufour, había sido alpinista profesional y pertenecía a una familia histórica de guías del Monte Rosa, encargada del Quintino Sella. Aunque le faltaba poco para jubilarse, seguía haciendo guardias en el helicóptero. También Dufour pareció reconocerlo a él. Durante un instante Fausto quiso creer que, pasados veinticinco años, Dufour había reconocido al chiquillo que iba de excursión con su padre; sin embargo, oyó que le preguntaba: Oye, ¿no eres el cocinero de Babette?

El mismo.

Entonces, ya sé por qué estás aquí.

No le molestaba ser el cocinero de Babette. Era natural que su cara sonara por su trabajo, entre otras muchas que pasaban inadvertidas. Y no por ir desde niño a las mismas montañas o por lo mucho que las extrañaba cuando estaba lejos.

Dufour le contó que Santorso había hablado por teléfono precisamente con él. Se conocían de toda la vida. Le había dado su posición exacta, la altitud, la visibilidad, le había descrito el sitio donde se encontraba. No había resultado difícil encontrarlo en la nieve. Estaba sentado en una roca como si disfrutase del panorama, y cuando llegó el helicóptero, levantó los brazos como habían acordado. Tenía las manos destrozadas.

Fausto le contó lo que había dicho el médico, no lo del corazón y lo del hígado, solo lo de las manos. Las manos de los obreros debajo de las prensas, las manos que de algún modo podrían volver a funcionar.

Menos mal, dijo Dufour.

La cosa será lenta.

Desde luego.

¿Puedo preguntarte otra cosa?

Por supuesto.

Había una chica que trabajaba para Babette este invierno. Sé que a lo mejor la contratabais en el refugio.

Sí, ya la hemos contratado.

Me alegro.

¿Crees que aguantará? ¿No se largará a la semana?

No, claro que no.

¿Cómo se llama?

Silvia.

Ah, Silvia. ¿Y tú?

Fausto.

Ven a visitarme alguna vez, Fausto.

Lo haré encantado.

Habría seguido hablando largo rato con un hombre como Dufour. Del Sella, del Rosa, de los glaciares de antes y de todas las montañas que debía haber visto viajando por el mundo, pero le dio las gracias, se despidió también del piloto del helicóptero y se marchó para buscar a algún pariente de aquel pobre diablo.

# 14

## EL BANDIDO

Y así el ladrón llegó a Fontana Fredda justo cuando no estaba el guardia. Llegó del este, del cerro Finestra, antes del amanecer: era un lobo solitario que iba de un valle a otro, ocultándose en los bosques y cruzando los caminos solo cuando era necesario, y solo de noche. A esa hora la nieve seguía helada y podía andar bien por ella, así llegó al puerto de montaña sin dejar más rastro que el de sus uñas en la cuesta. Sobrepasó la pared, la ermita, luego el murete de piedra seca que antaño fue una frontera, y se asomó a la pequeña meseta en la bruma que precede al alba.

Olfateando el aire recuperó un lejano recuerdo de aquellos lugares que había recibido en herencia. Como las reglas a las que obedecía sin dudar —estar en lo alto, viajar de noche, mantenerse lejos de las casas y de los caminos—, si bien se había dado cuenta de que algo, desde los tiempos en que se habían fijado las reglas, había cambiado. En el pueblo alguien debía de estar ya despierto. Notó olor a fuego, que era olor a hombre, y el olor de su ganado, pero eran presencias mucho más débiles de cuando él, o alguien antes que él, fue expulsado de ahí.

El viento cambió de dirección, acarició la montaña y le trajo el aroma de los bosques. Olfateó el olor de la gamuza, del ciervo, del jabalí: había muchas más presas que antes, cuando sus antepasados tenían que estar al acecho días enteros para encontrar un lirón o un tejón, alimento que no los saciaba y los obligaba a estar siempre cazando. Ahora el adversario se iba, dejaba el campo libre. En los bosques abundaban las presas y cazar se había vuelto fácil. El lobo levantó el hocico al viento, esperó que cambiase de nuevo y le llevase más noticias de abajo, y obtuvo respuesta: el olor del hombre ya era la cola de un olor, el rastro de alguien que ha pasado por ahí y que ya se ha ido. Observó los campos incultos y las chimeneas apagadas, y le pareció otro más de los pueblos deshabitados que había visto a lo largo de su viaje. Sí, el adversario había perdido fuerza, quizá no hasta el extremo de haberse vuelto inofensivo, pero lo suficiente como para que él se pudiese arriesgar. A lo mejor había que modificar las viejas reglas.

Tuvo además otra sensación, ajena al hambre, la caza, el miedo, la prudencia, el cálculo. Era la que experimentaba cada vez que llegaba a una cima y se asomaba a un valle nuevo. Una especie de excitación, un olor que lo atraía incluso más que el del ciervo o el de la gamuza. El olor del descubrimiento.

La ermita había visto pasar ladrones, cazadores furtivos, contrabandistas y bandidos de todo tipo. El lobo bajó de la colina, avanzando en silencio y ligero por la nieve dura, por campo abierto hasta que encontró de nuevo abrigo en la espesura del bosque.

# 15

## LA HIJA DEL MONTAÑÉS

Resultó que Santorso sí que tenía un familiar, una hija que vivía fuera y a la que él no había llamado, hasta que ella se enteró de lo que había ocurrido. La mujer también telefoneó a Fausto, después de hablar con su padre. No era fácil deducir su edad por la voz. Le pidió noticias más concretas, Fausto le contó su visita al hospital y le repitió a ella también lo que había dicho el médico, esta vez sin omitir nada. La chica hizo más preguntas: ¿su padre iba a conseguir la invalidez? ¿Podía o no podía trabajar? ¿Tenía derecho a una pensión? Veía las cosas desde una perspectiva muy práctica. Hablaba un italiano casi sin acento: de Fontana Fredda le habían quedado solo algunas vocales cerradas, pequeños defectos que no había conseguido eliminar, y que a un oído entrenado le revelaban la lengua áspera de la montaña.

¿Usted es amigo de mi padre?

Diría que sí.

Sé que se conocieron este invierno.

Así es. Era cocinero en un restaurante que hay en las pistas.

De mi madre.

¿Cómo?

El de mi madre.

¿Babette es tu madre?

Sí, pero ese no es su nombre.

Enseguida le pareció absolutamente obvio. Él se pasaba ahí todo el día, ella lo trataba como si fuese su hermano. Se sintió idiota por haberlos visto juntos durante meses y no haberse dado cuenta.

La chica dijo: Usted no conoce demasiado bien a mi padre.

No, en efecto.

En cambio, los que lo conocen no han ido a verlo.

Fausto no sabía qué decir. Se sentía puesto contra las cuerdas por una chiquilla.

Bueno, de todos modos, gracias. Le estoy muy agradecida. Voy a buscar un vuelo para mañana.

¿Un vuelo desde dónde?

Londres.

¿Vives ahí?

En Brighton. Está en la costa.

¿Y qué haces en Brighton, estudias?

No, trabajo en un hotel.

¿Va a ir alguien a buscarte al aeropuerto?

Sí, no se preocupe.

Después de colgar, Fausto estuvo toda la noche pensando en aquello. Pensó en Santorso y Babette como marido y mujer. Cuánto tiempo habían sido pareja y cuándo se habían separado. La hija tendría veinte años. Con un padre y una madre así, era natural que ella tuviese carácter. Hija de una revolucionaria y de un montañés.

Veronica y él no habían tenido hijos, alguna vez hablaron del asunto pero siempre lo habían dejado para el futuro, luego resultó que este nunca llegó y ahora quién sabe si hubiese sido mejor o peor haber tenido un hijo juntos.

Algo que quedase de ellos dos, lejos, quizá, en un hotel de la playa. Alguien que se pareciese algo a ella y algo a él. Había pensado llamar a Silvia para contarle las novedades, pero eso no tenía sentido contárselo, así que no la llamó. Esa noche se sintió muy solo. ¿Qué le había dicho ella? *¿No te vuelvas malo?* Pensó en la espalda de Veronica alejándose deprisa para que él no la viese llorar. Pero ¿qué hacía ahí un idiota de cuarenta años sin familia ni trabajo, aparte de seguir la ridícula utopía del *vive-en-el-sitio-donde-eres-feliz?* Había una sola persona con la que podía volverse malo, y conocía la manera de serlo. Tiró al lavabo lo que quedaba en el vaso y fue hacia la cama, esforzándose para mantener la promesa.

# 16

## LOS CAMINOS DE LOS CANTOS

Entonces, ¿qué puedo comer?, preguntó Santorso.

Guisantes. Judías. Garbanzos. Soja.

Soja, qué asco.

Bueno, depende de cómo la prepares.

¿Y carne?

Pollo.

El pollo no es carne.

Es carne blanca. Y pescado. Salmón ahumado, filete de merluza.

¿Y queso?

Del queso te puedes olvidar.

Dios faus.

Volvían del hospital, conducía Fausto, Santorso miraba por la ventanilla en una mañana lluviosa. Al principio estuvo meditabundo, pero cuando entraron en el valle empezó a fijarse en todo. Había estado tres semanas ingresado, y a las enfermeras les contó que desde la mili no había vuelto a pasar tanto tiempo fuera de casa. En tres semanas la primavera había transformado el paisaje: la hierba había crecido un palmo, habían florecido los árboles frutales, el bosque de latifolios tenía tonos brillantes.

En las montañas, la línea de la nieve había ascendido quinientos metros.

Es bonito mi valle, ¿eh?, dijo Santorso. A la lluvia que caía en·el parabrisas no le hacía el menor caso.

Sí que es bonito.

Y algunos se largan.

Quién los entiende.

Ve con cuidado que por aquí suben las vacas.

Fausto aminoró la marcha detrás de un rebaño que ocupaba el camino asfaltado. Subían a los pastos de mayo, a las alzadas intermedias, los *mayen*. A lo largo de un kilómetro siguió a una larga fila de bovinos, indiferentes a la lluvia, a los cencerros que llevaban al cuello, a los perros que ladraban alrededor y que de vez en cuando se sacudían el agua.

¿Para qué has ido a Milán?

He vendido mi casa. Fui a ver a mi madre. He recuperado mis libros.

¿De manera que tenías una casa?

A medias con mi ex. Ahora ya no tenemos nada a medias.

Bien hecho.

Bueno. No lo sé.

¿Y ahora qué vas a hacer, te comprarás una casa en Fontana Fredda?

No, ya no quiero tener casa. Ahora busco trabajo. Puede que Babette esté de vacaciones, pero yo tengo que pagar un alquiler.

Por supuesto.

Por fin el ganado dejó la carretera asfaltada y se metió en un prado. Un tipo alto con paraguas y mandil de ganadero saludó a Santorso mientras lo adelantaban, Santorso levantó una mano escayolada y pronunció su nombre. *Martín el Guapo*, dijo. Nombraba todo aquello con lo que se cruzaban, cada casa, aldea, individuo, cada torrente y cada prado, pero en voz baja, en una letanía muy personal. *Allá la Borna Freida y el Prado de las Losas, aquí las Barmasse, el Hombre Torcido y el Camino del Pan Perdido, aquí Buen Tiempo en el bar de las Tres Aldeas.* A Fausto le recordó aquel libro de Chatwin sobre los aborígenes australianos, que para memorizar sus pistas usaban canciones en lugar de mapas. La canción contenía todo lo que había a lo largo del camino, una roca de forma extraña, un árbol solitario, el campo de alguien, de modo que si el viajero la memorizaba, memorizaba también la pista. Santorso estaba cantando su camino a casa, la canción de su valle. Fausto se preguntó si él, antes o después, no la cantaría también.

¿Y sobre la bebida qué te han dicho?

¿A ti no te han dicho nada?

A mí, no.

Puedes beber un vaso de vino tinto en la comida. Y una cerveza de vez en cuando.

Ya es algo.

Claro que ya me dirás cómo se hace eso sin manos.

Encontraré una manera.

En Tre Villaggi doblaron hacia Fontana Fredda y a partir de ahí, poco a poco, empezaron a escasear los pastos, hasta que desaparecieron. A 1.500 metros los alerces aún no tenían hojas, los primeros azafranes brotaban en los prados y solo los torrentes estaban ya en crecida. Pasada la última curva, a 1.800 metros, la lluvia se tornaba nieve.

*Siberia*, dijo Santorso. Era el verso final de su canción.

Y dicen que es primavera.

Fausto lo acompañó hasta su casa, donde su hija lo estaba esperando. Era una chica alta, robusta, de rasgos un poco duros como su padre, de tez muy clara y pelirroja, como su madre. El color rojo del pelo que en Babette era un recuerdo, era intenso en ella, era el rojo de las amapolas y resaltaba en aquel paisaje gris. La chica le abrió la portezuela a su padre, al que le costó un poco apearse con los dos brazos agarrados al cuello de ella. Entraron en la casa mientras Fausto bajaba las cajas de guisantes, judías, albóndigas de soja y pescado congelado que le había comprado.

# 17

## UNA POSTAL

Pero no había manera de detener la primavera; su instinto de derretirse, de abrirse, de germinar era demasiado fuerte. Las fuentes de Fontana Fredda arrojaban agua que se desbordaba de los lavaderos, y los torrentes del deshielo horadaban surcos en las pistas, descubrían piedras en los senderos. El sol calentaba los muretes de las terrazas, despertando a las avispas de su letargo. Fausto casualmente las vio aparearse en el lugar llamado las Murazze: las avispas, habitualmente tan esquivas, perdían la prudencia y resultaba peligroso toparse con ellas, te las encontrabas enredadas y más valía pasar de largo sin molestarlas. Él había vuelto a dar sus largas caminatas del otoño. Subía hasta donde había nieve y recorría los bosques heridos, donde ciervos y corzos restregaban la cabeza contra un tronco, sangraban, se arrancaban la piel, hasta que liberaban el asta nueva.

En esos días volvió a hojear el libro que Silvia le había regalado, su secreto Hokusai. Había mil analogías entre aquellos antiguos grabados y lo que veía desde la ventana. En Fontana Fredda los montañeses quemaban enebros y maleza, tiraban la grada para nivelar los montones de tierra de los topos, Gemma recogía con una navajita achicoria: sola en medio del prado, se agachaba cada dos o tres pasos y llenaba sacos enteros. Ahí también todos parecían ignorar el Fuji, que los observaba.

Al final del libro encontró el único texto que dejó Hokusai, y que decía: «Desde los seis años, tenía la manía de dibujar la forma de los objetos. Hacia los cincuenta, había publicado una infinidad de dibujos, pero todo lo que he publicado antes de los setenta años no merece ser tenido en cuenta. Es a los setenta y tres años cuando he comprendido más o menos la estructura de la verdadera naturaleza, de los animales, de las hierbas, de los árboles, de los pájaros, de los peces y de los insectos. Por consiguiente, a los ochenta, habré hecho todavía más progresos; a los noventa, penetraré el misterio de las cosas; a los cien años decididamente habré alcanzado la excelencia, y cuando tenga ciento diez años, todos y cada uno de mis trazos, ya sea un punto o una línea, se convertirá en algo vivo. Invito a todos los que vivan tanto como yo a que comprueben si mantengo mi palabra. Firmado. El viejo loco por la pintura».

Babette no estaba en Fontana Fredda, el letrero que había en su puerta se desteñía cada vez más. A Fausto le apeteció hacer algo que no hacía desde muchísimo tiempo atrás: cogió un bloc y un bolígrafo y se sentó a la mesa para escribir una carta. Recordó que antes le encantaba, había sido su primera forma de escritura. ¡Cuántas cartas había enviado a las chicas de las que se enamoraba! En tres folios le habló a Babette de esa primavera, de Veronica y de la casa de Milán, de sus dudas y de la sensación de fracaso que los días en la ciudad le habían dejado. También del accidente de Luigi y del encuentro con su hija, que se les parecía un montón. Le dijo que, a pesar de que ella siempre se quejaba, era evidente que en Fontana Fredda había hecho algo bueno, o sea, una hija tan estupenda, además de un lugar que para mucha gente era un refugio, en el sentido más auténtico del término. Desde luego, lo había sido para él, que había encontrado hospitalidad y comprensión en un momento complicado de su vida, valoración de sus limitadas virtudes culinarias, y alegría mientras afuera hacía veinte grados bajo cero. Le recordó que, en el cuento de Blixen, durante la famosa comida que a Babette le había costado una fortuna, ninguno de los aldeanos noruegos reparó en las exquisiteces que tenían delante, salvo el general jubilado que había vivido varios años en París. En silencio, pues no podía comunicárselo a nadie, aquel viejo soldado comía y pensaba: esta mujer es una gran artista. Bien pensado, eso es lo que destaca en el relato: uno de ellos la vio, la reconoció, y el festín de Babette había merecido ser preparado si al menos una persona en el mundo lo había disfrutado.

Por último, escribió: ¿Y tú cómo estás? Te echamos de menos. ¿Vas a volver?

Después fue a Tre Villaggi, se acercó al kiosco y pidió una postal de Fontana Fredda. La kiosquera sacó uno de los paquetes que le quedaban. Había una postal con una foto antigua: Fontana Fredda en 1933, solo un puñado de casas de piedra, ni una sola calle, ni un solo poste de luz, ni un solo chalé turístico, ningún Festín de Babette y ningún remonte, pero a cambio un campesino empujando un buey por un camino de herradura, y las montañas. Más allá de los campos cultivados y las gavillas de heno, las montañas eran atemporales. Fausto introdujo la carta con la postal en un sobre y en el reverso escribió la única dirección que tenía, la del restaurante. Con la esperanza de que Babette hubiese pedido que le mandasen la correspondencia ahí donde estuviese, aunque en el fondo, ¿qué cambiaba si la leía dentro de una semana o dentro de un año? Se alegraba de haberle escrito todo eso. Le puso un sello, la depositó en un buzón que había al lado del kiosco y tuvo la sensación de que emprendía un larguísimo viaje.

## 18

## MADERA VIEJA

La casa de Santorso estaba un poco por encima del pueblo, era blanca y estaba orientada al sur, hacia el sol. Era una casa agrícola, o al menos era como había sido concebida, pero así como el henil se seguía usando, el establo se había convertido en almacén y estaba repleto de herramientas y reliquias y botines de los paseos de Santorso por el bosque.

Es la cueva de las maravillas, dijo Fausto.

O el vertedero.

¿Antes era un establo?

En teoría. La casa la construyó mi padre, que sin embargo odiaba los animales y fue albañil. A lo mejor esperaba que yo recuperase la tradición, y como ves...

Nada de vacas.

Qué quieres que te diga, hay perros de caza y perros pastores. Cada uno sigue su instinto.

¿Y qué haces con el heno?

Lo vendo, lo intercambio. Me gusta la madera vieja.

Arrinconadas en la pared había un montón de tablas ennegrecidas. Muchas de ellas tenían aún estiércol incrustado, ese estiércol que en las ruinas de montaña parece llevar ahí siglos. Algunas tablas estaban arqueadas por la humedad, otras, llenas de clavos torcidos.

Todo es alerce. Viéndolo así, da asco, pero fíjate cómo queda si lo limpias.

No podía enseñársela con las manos, y la señaló con un pie: una tabla que había lavado y cepillado hasta que habían salido las vetas de la madera, y la negrura se había convertido en un rojo intenso.

Pero ¿este es su color natural?

En parte es el color del alerce. En parte es toda la mierda que ha absorbido. Tampoco puedes quitarle el olor.

¿Y qué quieres hacer con ella?

Pensaba hacer una mesa. Ahora ya no voy a hacer nada, seguirá envejeciendo un poco más.

Fausto olió la tabla: su olor era intenso, pero no desagradable. Tenía un montón de agujeritos de los clavos que le había arrancado. En cada agujerito había una aureola más roja por el óxido del clavo.

Santorso se sentó contra su banco de carpintero. Carraspeó y dijo: Puede que haya encontrado algo para ti.

¿Algo?

Un trabajo.

¿Con la madera?

No, con los retenes forestales. En el Departamento han decidido limpiar los bosques, y están formando los equipos. Todavía conozco a alguien ahí.

¿Equipos de leñadores?

Sí.

¿Y qué pinto yo ahí? En mi vida he cogido una motosierra.

Pensaba proponerte como cocinero.

Fausto dejó la tabla y le prestó atención.

Los equipos, dijo Santorso, los componen diez o doce

personas para la tala, más un cocinero a media jornada. Las zonas de trabajo están demasiado lejos para bajar a comer, es preferible que alguien cocine ahí mismo. Subes por la mañana con la compra, los cacharros, todas tus cosas, y a las dos ya has acabado tu turno. Normalmente contratan a una mujer, pero había pensado…

Para mí sería perfecto.

Si no me hubiese accidentado, yo también me presentaría. Pagan bien, ¿sabes? Y es para todo el verano.

Todo el verano en el bosque.

Sabes cocinar, ¿no?

Bueno, a estas alturas diría que sí.

Pues entonces, voy a llamarlos.

Cocinero de los retenes forestales. A Fausto Dalmasso, el escritor, Fontana Fredda le estaba enseñando un par de cosas. La primera: siempre se necesita a alguien que cocine; a alguien que escriba, no siempre. La segunda: era verdad que ese hombre nunca daba las gracias y que probablemente tampoco pedía perdón, pero sabía cómo corresponder a un favor, y eso valía más que las palabras.

Entraron en la casa, donde su hija había preparado un té. Se sentaron y Fausto reparó enseguida en el gallo disecado, estaba sobre una rama que sobresalía de una tabla pegada a la pared. Tenía el cuello azul que destacaba en el plumaje negro, las alas abiertas en una posición de batalla.

¿Es un urogallo?

Un gallo lira. El urogallo aquí se extinguió hace mucho.

Salgo, dijo la hija. Me llevo el coche.

Hasta luego, niña, que te diviertas.

Hasta luego, papá. Se agachó para besar a su padre en una mejilla. No te canses mucho, eh.

A sus órdenes.

Hasta luego, Fausto.

Hasta luego, Caterina.

Aquella chica era severa, severa y recelosa, pero, por lo menos, había empezado a llamarlo por su nombre. Santorso dejó pasar un minuto, después le señaló a Fausto el mueble que tenía detrás y una botella sin etiqueta. Era transparente, parecía grapa. Fausto se dijo que por una vez podían brindar: tiró el té, sirvió el licor en las tazas y le acercó una a Santorso.

¿Tienes hijos?, preguntó Santorso.

No.

Pues no te duermas. Tengo cincuenta años. Es estupendo estar rodeado de un poco de juventud.

Lo pensaré.

¿Y cómo está tu chica?

¿Mi chica? Eso sí que no. No es mi chica.

Qué pena. Era guapa.

Santorso estaba muy orgulloso del asunto que acababa de resolver, tenía ganas de charlar. Agarró la taza con las dos manos escayoladas, consiguió llevársela a los labios y tomó un trago. Se notaba que era una técnica ya muy ensayada.

Dijo: Es ginebra, la hago yo.

¿Haces ginebra? ¿Cómo, con un alambique?

Qué dices. Uso un vodka que no sabe a nada y le echo bayas de enebro. Pruébala.

Fausto probó el licor y se sorprendió: era ginebra, imposible notar el truco. Era una buena ginebra que no desentonaría en los bares del centro de Milán.

A mí me gusta porque sabe a bosque, dijo Santorso, entonces apuró la taza a la salud de su amigo cocinero, ese falso cocinero que a saber por qué había decidido quererlo.

# 19

## UN PUESTO AVANZADO DE LA HUMANIDAD

Sí, era guapa, y a principios de junio subía en un todoterreno por las estribaciones suroccidentales del Monte Rosa. El hijo de Dufour iba al volante, y sentado a su lado un hombre que se llamaba Pasang Sherpa. Nepalí, pensó Silvia: ya había oído hablar de los nepalíes que trabajaban en los refugios del Rosa. Había dormido mal, por culpa de unas pesadillas que la habían dejado de mal humor. Pero ahora emprendía su gran aventura: en media hora de trayecto pasaron de los bosques en los que ya era verano a prados todavía no floridos, atravesaron pistas de esquí y pilones de remontes cerrados, hasta los primeros puntos de nieve. Aquí está Francia, pensó, aquí Bélgica y Holanda, aquí Dinamarca, Suecia, Noruega. ¿Había soñado también con su madre? Tenía el humor de cuando soñaba con ella. En Noruega los glaciares estaban surcados de huellas de neumáticos; también el hijo de Dufour puso la marcha reductora, logró avanzar por varias curvas cerradas hasta que no le quedó más remedio que desistir muy por debajo del paso donde el camino en teoría acababa.

Final del trayecto, dijo. Salieron al aire de la madrugada y bajaron del todoterreno las mochilas, los crampones y la cuerda, y se pusieron los abrigos de plumas. El Monte Rosa estaba nevado y ellos se hallaban ahí donde las nubes se convierten en niebla, y viceversa.

Desde la ventanilla el hijo de Dufour dijo: ¿Lo tienes todo, Doko?

Creo que sí.

Después, a ella: Pasang conoce el camino. Cuando estés cansada te llevará a hombros, eh.

Espero que no.

Bueno, feliz paseo. *Tashi delek.*

El muchacho maniobró, giró el coche y desapareció en dirección al valle, y en poco tiempo también el ruido del motor se perdió en el viento. Pasang eligió un par de crampones y se inclinó a los pies de Silvia: adaptó la medida, los enganchó, los ató, mientras ella le tendía primero un pie y luego el otro, avergonzada de no saber hacerlo ella misma.

Aquí no estamos todavía en el glaciar, ¿verdad?

No. Pero es preferible ir con los crampones.

¿Cómo te ha llamado? ¿Doko?

Es una broma entre nosotros. Significa cuévano.

¿El cuévano de los porteadores?

Sí.

¿Por eso te llamas Sherpa?

Pasang movió la cabeza y sonrió. Debía de haberlo explicado muchas veces, pero no por ello se había cansado de repetirlo. Dijo: Sherpa es el nombre de un pueblo, todos nos llamamos así.

Qué ignorante soy, perdona.

Es la gente que vive alrededor del Everest. Muchos son porteadores, por eso te confundes.

¿Y qué significa Pasang?

Viernes.

¿Viernes?

Porque nací un viernes. Se rio. Tenía dientes grandes y blancos, y una sonrisa que le reducía los ojos a dos ranuras. Soy solo un sherpa que nació un viernes.

Hablas muy bien italiano.

No, no es verdad. ¿Qué significa tu nombre?

Significa mujer de los bosques.

¿Silvia, mujer de los bosques?

Más o menos.

Bonito nombre.

Entonces el sherpa ató la cuerda a la mochila, se la colocó a la espalda y se encaminó hacia el collado. La nieve estaba helada y Silvia descubrió enseguida la utilidad de los crampones. Lo siguió en silencio, adaptándose a su ritmo y a su paso. Comprendió que con ese ascenso la estaban poniendo a prueba: ¿Si no, por qué no subirla en helicóptero, junto con todos los demás? Pero estaba bien así, el refugio te lo tenías que ganar. Mil y pico metros de desnivel era para tomárselos con calma, había que procurar no levantar mucho la vista y no pensar en cuánto faltaba. Decidió concentrarse en los pies de Pasang. En sus pies, en la nieve, en el ritmo regular de los pasos, y notó que poco a poco se le desentumecían las piernas, que el corazón y los pulmones encontraban su ritmo. Se había entrenado en primavera. La niebla de alrededor dejó de parecerle hostil, tenía que pensar en los pies y en la respiración, solo estaban ella, Pasang y la nieve. Debajo de las capas de ropa invernal su cuerpo empezaba a entrar en calor y a sudar.

Concentrada como estaba, resurgió el sueño: su madre le pedía que no se marchara al refugio, porque en casa la necesitaban, y discutían. Silvia le decía: ¿entonces, todo eso de la educación por la libertad y la valentía solo vale para los demás pero no para mí? Y su madre respondía: pues verás, muchas veces hace falta más valor para quedarse que para irse, con las palabras siempre la había ganado, qué rabia le daba. En el sueño era una mujer todavía joven, tendría cuarenta y cinco años, y Silvia se sentía una chiquilla.

Solo se dio cuenta de que habían alcanzado el collado cuando llegaron a la estación del remonte. Fue una contrariedad, una interferencia violenta: las espantosas estructuras de las instalaciones, las redes de seguridad, los desmontes, el cemento puro y duro. Pasang pasó sin detenerse, dobló hacia el norte por la cumbre y poco después las señales de las pistas desaparecieron bajo la nieve. En parte por el viento que soplaba sin parar, en parte por la altura a la que había subido demasiado deprisa, Silvia se sintió desorientada. La noche anterior había cruzado en tren la ciudad y los campos del verano. Ahora el viento abría rendijas en las nubes, ella levantaba la vista de los pies de Pasang y en aquellos pasadizos encontraba a veces el azul del cielo, a veces un rápido panorama de rocas, hielo, cimas. Cimas que no reconocía. En la nieve una fila de huellas, quizá de gamuzas o de cabras monteses, iba en una dirección diferente a la de ellos, y Silvia se dijo: si estuviese sola, me perdería. Entre la nieve y la niebla podría vagar hasta que se hiciera de noche, y sería mi fin.

Pasang se dio cuenta de que se quedaba rezagada, o puede que ya hubiera decidido hacer una parada, y entonces dejó la mochila debajo de una roca que protegía del viento. Ya llevaban dos horas andando.

Vamos bien, dijo.

¿A qué altura estamos?

Tres mil metros. Puede que algo más.

Entonces aquí está el círculo polar. La niebla dejaba entrever los dos valles que tenían a sus pies: las morrenas glaciales, los torrentes blancos y rápidos, los primeros pastos pobres, ya todo estaba debajo de ellos.

Nunca había estado tan arriba.

¿Nunca?

¿Cómo son los tres mil metros en Nepal?

Es campo. Están los arrozales.

¿Cultiváis arroz a tres mil metros?

Sí, y más arriba cebada.

Pasang desenroscó el tapón del termo y lo llenó de té. No bebió, sino que se lo ofreció a Silvia, y ella volvió a preguntarse si lo hacía por obligación, porque se la habían confiado, o solo por amabilidad.

El té estaba rico, caliente y fuerte, muy dulce. Aquel hombre, sus andares, su manera de hablar, su té, tenían la virtud de tranquilizarla.

¿Y has estado en el Everest?

Alguna vez.

¿Alguna vez en la cumbre del Everest?

En la cumbre, solo dos veces. Otras veces, al pie de la cumbre. Hay muchos trabajos diferentes en una expedición.

¿Por ejemplo?

¿Quieres ir a trabajar a Nepal?

¡Me encantaría!

Unos llevan el material al campo base. Es un trabajo duro, pero no peligroso. Otros preparan el glaciar con cuerdas fijas y escaleras. Su trabajo es peligroso por las avalanchas. Y están los porteadores de altura, cuyo trabajo es muy peligroso. Y también está el cocinero.

Nunca falta el cocinero, ¿eh?

Para mí es el mejor trabajo. Es seguro, no pasas frío, comes bien. Pero el que sube hasta la cumbre del Everest es el que cobra más, y además hace carrera.

¿Hacer carrera es venir a trabajar en el Rosa?

¡Ojalá!

Silvia llevaba en la mochila frutos secos y chocolate. Pasang aceptó el chocolate sin hacerse de rogar y partió un buen trozo, lo que a ella le agradó. Bebieron otro trago de té y reanudaron la marcha antes de enfriarse demasiado. A partir de ahí todo era un pedregal de donde el viento en algunos puntos había barrido la nieve. Debajo de ellos había una serie de pequeñas cuencas, de laguitos helados que eran poco más que pozas. Luego la cumbre se afiló y sus vertientes se tornaron más escarpadas, ahora era una cima rocosa. Empezaron a encontrar cuerdas fijas y escalones de acero, había que usar las manos, lo que a Silvia la alegró porque así no podía distraerse ni perderse en sus ensoñaciones ni sentirse culpable por decepcionar a su madre. Ya conocía mejor la roca que la nieve.

Falta poco, dijo Pasang.

Es divertido.

¿Sabes escalar?

He escalado algo.

¿Continuamos, entonces?

Por supuesto.

Lo siguió por unas gradas y cuerdas casi verticales. Por un puente de madera que atravesaba un repecho entre las rocas. Por un paso afilado, con lastras planas e inclinadas que parecían un tobogán en el vacío. Seguramente era una suerte que hubiera niebla, ocultaba los precipicios y descubría los problemas de uno en uno, ante los ojos y debajo de las manos, pero de repente Pasang vio algo que no le gustó.

Me parece que voy a atarte, dijo.

¿Aquí? ¿No estamos ya muy cerca?

Sí, pero no es bonito. Tardamos dos minutos.

Silvia no quiso discutir, pero se sintió menospreciada. Aquella cumbre no era nada especial, en los Dolomitas había ido por sitios peores, le habría gustado que él siguiera andando y se fiase de ella. Se empeñó en al menos atarse ella misma: se puso el arnés, lo apretó, cogió la punta de la cuerda y se ató con el nudo doble ocho, a continuación esperó a que Pasang cruzase el paso y atara una cuerda en un saliente de roca y la sujetase ahí.

Ya puedes. Clava bien los crampones.

Solo cuando llegó a las lastras inclinadas reparó en la capa de hielo que las cubría. Pasang tenía razón, ese lado estaba fatal. Había que fijar los crampones en las zonas de pocos milímetros de hielo, y por ahí pasó decidida y rápida agradeciendo estar atada. Él repitió la maniobra solamente en otro paso, una zanja repleta de nieve dura donde tuvo que cavar escalones con el piolet, y luego continuaron juntos hasta el final de la cumbre. Por suerte habían llegado, porque los 3.500 metros la estaban mareando: se sentía confundida, vacía, veía moverse solos sus pies y manos.

El Quintino Sella apareció al final, en una planicie al borde del glaciar. No habría desentonado como base ártica: un edificio grande con forma de trapecio invertido, recubierto en un lado de paneles solares. El antiguo refugio de madera estaba un poco más arriba, aquel sí que era un refugio de pioneros, y en el precipicio sobresalía la caseta de las letrinas. Delante del refugio nuevo, en la planicie, ondeaban unos banderines tibetanos fijados a un montón alto de piedras, y había otros montones de piedras más pequeñas diseminadas alrededor. Los banderines de colores daban un poco de alegría a aquella mañana húmeda y brumosa.

En el espacio donde aterrizaba el helicóptero Dufour clasificaba el material de los sacos. Tenían provisiones, latas de cerveza y vino, paquetes de papel higiénico y más cosas para el refugio; había trabajo que hacer.

Eh, Doko, dijo el guía. Qué gusto verte de nuevo.

Hola, jefe. Hemos llegado.

# 20

## LOS LEÑADORES

En los bosques, en cambio, no había nepalíes, sino bergamascos y valtelineses y moldavos que hablaban italiano con
acento bergamasco o valtelinés. Fausto subía hasta donde
había cientos de árboles marcados con una señal roja por
los guardias forestales, porque estaban partidos, torcidos,
enfermos o a punto de caerse, y oía a los leñadores gritar.
También las motosierras tenían una lengua, al cabo de un
mes había aprendido a reconocerla: la voz de la Stihl, de la
Husqvarna, el tajo en un lado del tronco y el corte princi-
pal en el otro. Un motor sonaba más seco, como si se hubieran equivocado de carburante. Un corte fue interrumpido por los golpes de la maza contra la cuña, plantada en
la madera para que no mordiese la hoja. Entonces llegó el
grito: *¡Cae!*, y Fausto se detuvo. Oyó el crujido de la frac-
tura, un ruido siniestro que le empujaba a uno a ponerse a
cubierto y, por último, el batacazo de la caída. Que amor-
tiguó la copa ya tupida de junio. Vio dónde había terminado el árbol, no lejos de donde él estaba: entre las ramas de
los árboles que seguían en pie se había abierto un pedazo
de cielo que antes no se veía, y el sol iluminaba el soto-
bosque.

Fue al contenedor que hacía las veces de cocina y sacó de su mochila el pan fresco y la compra. Entre cuatro piedras ennegrecidas amontonó las ramitas de alerce que había recogido a lo largo del sendero. Cogió una hoja de periódico, hizo una bola y la prendió, la metió debajo de las ramas y sopló hasta que el fuego se avivó bien. Esa barba de musgo que les crecía a los árboles ardía cuando estaba seca mejor que el papel. El olor del fuego de alerce era el preferido de Fausto: un aroma de los veranos de su infancia que siempre lo devolvía a casa.

Ha llegado el chef, dijo un leñador olfateando el aire.

¡Hola, chef!, gritó otro desde lejos.

Fausto fue hasta la manguera y llenó de agua el caldero de cobre, a continuación lo colocó encima de las piedras. En el contenedor se preparó un café en el camping gas y antes de ponerse manos a la obra tomó una taza delante del fuego. Olor a bosque, fuego, café, gasolina, a los gases del tubo de escape de las motosierras, olor de mañana. ¿En qué día estaba? Era un viernes de finales de junio, se empezaba a estar bien en mangas de camisa. Se preguntó si Silvia tendría frío en el refugio y si podía lavarse el pelo como a ella le gustaba. Si ahí también se lo lavaba cada noche y cómo se las había agenciado para secárselo a 3.500 metros de altura. Luego recordó que solo hacía un año había estado en Milán pasando un calor asfixiante y discutiendo con Veronica, que a lo mejor se había acostado con alguien o a lo mejor no, nunca la había comprendido. Chorreando sudor discutían a voces por qué no ponían aire acondicionado en la casa. ¡Detesto el aire acondicionado!, decía él. ¡Y un huevo, decía ella, en cuanto hace calor te largas, en cuanto hay un problema te escapas a la montaña! Qué rápido podía cambiar la vida de la gente. Terminó el café y empezó a mondar patatas, a cortar cebollas y panceta, a preparar más filetes de una pieza de carne que acababa de envolverle el carnicero.

Los leñadores tenían los mismos gustos que los operarios del remonte, había siempre pasta, carne, patatas, pero Fausto procuraba aportar sus variantes, y caerles bien. Ese día había «patatas estilo Mario», inspiradas en un relato de Mario Rigoni Stern: las coció en el caldero hasta que estuvieron prácticamente deshechas, frió cuatro cebollas en abundante aceite y añadió las patatas. En el hornillo hizo los filetes con romero. A las doce menos cuarto echó en el caldero dos kilos de espaguetis. Había una llamada para la comida que le habían enseñado los bergamascos que tenían fama de puntuales. ¡Está dura!, gritó a las doce en punto, refiriéndose a la polenta, aunque ese día hubiese espaguetis a la carbonara, entonces coló la pasta y la echó en la panceta salteada. Las motosierras se fueron callando una a una, como si hubiesen percibido el aroma.

Comieron en el contenedor, pese a que fuera lucía el sol. A quien trabajaba al aire libre ocho horas no le molestaba comer bajo techo y con las piernas debajo de una mesa. Ese día fue a verlos Santorso, al que hacía poco le habían quitado la escayola de las manos. Parecían manos normales, salvo por las cicatrices de la cirugía, hasta que las usaba y se notaba lo poco que podía hacer. Entre los leñadores encontraba comprensión. Mientras servía bistecs y patatas, Fausto lo oyó hablar de accidentes laborales. Contaba de árboles descontrolados que se caían por donde no debían, o que al caer se giraban como peonzas o rebotaban en el suelo de formas imprevisibles y partían cabezas y espaldas. Y de leñadores distraídos que se habían abierto la frente o roto una pierna por tomarse las cosas a la ligera, y de hecho ellos, después de comer, ya no talaban árboles. Fausto sirvió café y dejó en la mesa la botella de anís, del que algún leñador se añadió un chispazo al café. Santorso, en cambio, se llenó una taza solo de anís con una maniobra complicada, y luego, mientras los demás se levantaban con un palillo en la boca y se ponían en marcha con desgana, salió para sentarse delante del fuego que se iba apagando.

No estaba acostumbrado a ver trabajar a los demás. Los leñadores se pusieron a amontonar ramas, a limpiar troncos para llevárselos con el remolque. Fausto quemó los platos y las servilletas de papel, volcó en las ollas la última agua caliente con un poco de detergente, se remangó y empezó a fregar.

Santorso recogió un puñado de virutas que había tiradas por el suelo. Se pegó a la nariz su pobre mano y dijo: Una de las motosierras se ha quedado sin filo.

¿Ah sí?

Se nota en la viruta, cuanto más fina, más roma está la hoja.

Comprendo.

¿Reconoces este olor, Faus?

Para Fausto era olor a resina, a leña fresca, era embriagador, surgía de los tocones de alerce y de los montones de troncos y de la alfombra de virutas que recubría el suelo. De noche se lo quitaba al desnudarse, por la mañana se lo ponía otra vez con la camisa del día anterior. Pero quería que se lo explicara él, y dijo: No, ¿qué olor es?

Es el olor de la tala del bosque.

Es un olor agradable, ¿verdad?

Joder que si es agradable. ¿Sabes cuánto hacía que no lo olía? Unos cuarenta años.

Cuando yo nací.

Quién sabe si volveré a olerlo.

Anda, pero si estás más en forma que yo.

Los ganaderos subían por los caminos que llevaban a las

alzadas y uno de ellos se detuvo con tractor y remolque. Preguntó si podía recoger un poco de ramiza para la hoguera. Entonces Fausto recordó que estaban a 29 de junio, San Pedro y Pablo. En otros valles las hogueras se encendían en San Juan, pero en realidad eran los fuegos del solsticio, se remontaban a mucho antes de la existencia de los santos.

No sé, respondió, tengo que preguntar.

Por supuesto, dijo Santorso. Coge, coge. Eso se queda ahí, pudriéndose, les haces un favor si te lo llevas.

El ganadero llenó un remolque, con el que se marchó cargado y tambaleándose hacia su establo.

# 21

## LAS HOGUERAS

Eran más de las diez de la noche cuando la última luz del largo ocaso de junio se apagó. Entonces apilaron la leña en las alzadas, amontonaron ramas, cajas, palés, sacos de pienso y viejos neumáticos, los regaron de gasolina y los quemaron. Santorso los vio prenderse de uno en uno, a más de dos mil metros de altura: sobre las oscuras laderas de las montañas las hogueras brillaban y competían en altura y luminosidad. Contó cinco, seis, siete. Perdían fuerza y volvían a prender con un golpe de viento. Ni siquiera alguien como él lograba permanecer insensible ante aquel espectáculo. Los fuegos revelaban que en la montaña seguía habiendo alguien, que esa vida era real, por si la gente de la llanura lo había olvidado.

Por la noche salía a pasear, así tenía menos tiempo para beber. Las manos le funcionaban mal pero después de meses de postración tampoco es que tuviera las piernas muy bien. Se veía obligado a subir despacio, eligiendo los senderos más suaves, aguzando el oído para escuchar su corazón, sobre el que lo habían puesto en guardia. Cuando salió del hospital con Fausto, por primera vez en su vida había notado la altura: sintió el corazón en la garganta y que le faltaba el aliento, pero no se lo dijo a nadie. La única a la que se lo habría podido contar se había ido de Fontana Fredda sin siquiera dejarle unas señas.

Ahora el cielo estaba oscuro, había perdido también la última claridad estival. De las hogueras lejanas no quedaban sino las brasas. Sin embargo, las estrellas enviaban alguna luz y a él nunca le había gustado usar linterna; servía más a los otros para verte a ti, que a ti para ver el mundo. En cambio los ojos se agudizaban, captaban nuevos reflejos y contornos si les dabas tiempo para que se adaptaran: así pues, esa noche vio el cuerpo de una gamuza en la orilla del torrente. Era un punto en el que coincidían varias avalanchas en invierno; todavía quedaban restos en las pendientes, y de repente Santorso pensó que era uno de esos animales sorprendidos y arrastrados por la nieve, se conservan bajo ella y reaparecen en primavera, cuando se convierten en comida para lobos y cuervos. Se acercó para verlo mejor, y por los cuernos juzgó que debía de tener unos diez años, era un ejemplar viejo para una zona de caza. Después se dio cuenta de que lo habían destripado, pero hacía poco, y que las tripas seguían ahí, a pocos metros del cuerpo. Era probable que la gamuza hubiese muerto ese mismo día. Su cazador había arrancado y tirado el intestino que no le gustaba, había vuelto después para comerse el corazón, el hígado y los pulmones. ¿Habría interrumpido la comida porque había aparecido alguien? Pero ¿y si ese alguien era precisamente él? Santorso miró en derredor. En la oscuridad no vio sino rocas y los reflejos del torrente.

Y aquí estás, pensó. Pues bienvenido. Unos se van y otros vuelven, ¿no? Unos la palman, otros follan y otros van de caza. El mundo es de quien se lo queda.

La gamuza no tardaría ni un día en desaparecer por completo, así que decidió llevarse algo también él. Por qué no esos magníficos garfios negros. Antes le habría bastado con apretar, retorcer y tirar con fuerza: la funda hueca del cuerno se habría desprendido de su base de hueso, solo estaba pegada al cartílago. Ahora la mano apenas podía cerrarse en torno al garfio. Con la izquierda sujetó la cabeza de la gamuza y con la derecha trató de tirar, y sintió que los dedos se le escurrían.

## 22

## LA NOCTÁMBULA

Esa noche el despertador de Silvia sonó a las tres. En realidad no estaba durmiendo y lo apagó antes de que molestase a la hija de Dufour, con la que compartía habitación. Cogió de la mesilla de noche el frontal y el cepillo de dientes, se puso los pantalones y el anorak y salió. Fue duro pasar del calor al frío de los 3.500 metros, a uno o dos grados bajo cero; a esa altura el viento nunca dejaba de soplar. En los baños la recibió el fuerte olor a letrina, amoniaco, desinfectantes, pero ahí al menos el viento soplaba menos, solo hacía vibrar las chapas de metal, aunque lo notó subiendo por el retrete cuando se bajó los pantalones y se acuclilló. El desagüe no era más que un tubo en el glaciar, y el frío obligaba a hacerlo todo muy rápido. Se lavó los dientes con agua gélida, se lavó también la cara y los oídos, se quitó el frontal y lo apuntó hacia ella para mirarse al espejo. Fíjate qué ojeras tienes, pensó. ¿Sabes qué hora es? En un mes, su cara parecía diez años mayor, por la altura, el sueño desordenado, el viento y el sol implacable.

Cuando salió de los baños el hielo brillaba. Absorbía el resplandor del cielo estrellado y lo devolvía a la noche. Ante aquella vista, cuando estaba sola, Silvia se sentía en presencia de un cuerpo celeste, de un planeta perennemente pulido por el viento. De ahí no llegaba ningún ruido, era un desierto inmóvil y perfecto y blanco. Se volvió hacia el valle y vio las luces de los pueblos situados dos mil metros más abajo. Ahí estaba el viejo planeta azul. Ahora sentía una forma aguda de nostalgia. Lo tenía tan cerca que podía distinguir las farolas, los escasos coches que circulaban por las calles, las gasolineras. Se dijo que un rato antes los chavales estaban en la plaza bebiendo cerveza, fumando y charlando, mientras la música sonaba en los locales. En el viejo planeta azul, en ese desastroso planeta acababa de empezar el verano. Entonces sintió de nuevo frío y entró.

En la cocina puso la olla en el fuego, se sentó junto al brasero para entrar en calor y se quitó el anorak. Comió unas galletas mientras esperaba que hirviese el agua. En el pueblo había conseguido el libro de Fausto: leyó un cuento en el que un hombre y una mujer asistían a una boda y decidían dejarse. Le gustó aunque le pareció poco original, que imitaba a escritores que evidentemente leía entonces. Aquí y allá se percibía una voz que intentaba emerger: observaciones claras, pequeñas verdades sobre el amor, y ella se imaginó a un Fausto más arrogante que ahora, menos irónico y receloso. En el relato había cervezas, autopistas, autoservicios, cigarrillos, y ni una sola montaña. Resultaba raro imaginarse un momento de la vida de Fausto en la que no hubiera una montaña.

A eso de las cuatro echó en la olla una caja entera de sobres de té, añadió medio kilo de azúcar y empezó a llenar los termos con el cucharón y el embudo. Alguien puso en marcha el generador y en la cocina se encendieron las luces. Entonces entró Pasang, medio dormido y aterido de frío.

¿Estabas trabajando a oscuras?

Sí, así es más tranquilo.

¿Hay un poco de té?

Claro. Con mucha azúcar, como te gusta.

El azúcar nunca sobra.

Tienes razón.

En la planta de arriba empezaron a sonar los despertadores, el suelo crujió. Los primeros que se levantaron fueron los que se iban a la escalada de los Liskamm, con los rostros insomnes de quien se ha pasado la noche dando vueltas en la cama. Solo los guías conseguían conciliar el sueño antes de enfrentarse a la *devoradora de hombres*. Desayunaron, intercambiaron unas palabras en alemán, en polaco, en flamenco, guardaron el té en la mochila. Se prepararon para el ascenso en la salita de entrada, luego salieron a la terraza para colocarse los crampones y el arnés. Se encaminaron por el glaciar en cordadas de dos o tres, filas de lucecillas que se alejaban en la oscuridad.

Para entonces ya se habían levantado todos. Los alpinistas que cruzaban el Naso y los que iban al Castore, y también los pocos que no iban a ninguna parte y que habrían seguido durmiendo, pero a los que despertó el trasiego. Bajó la hija de Dufour: se llamaba Arianna, tenía treinta años y pasaba ahí los veranos desde pequeña, para ella el refugio era una especie de restaurante familiar. Pero además había estudiado, viajado a la India y a Nepal, y en invierno daba clases de yoga, y desde el principio había tenido con Silvia una actitud protectora.

¿Qué tal la jaqueca?

Un poco mejor.

Me tomo un café y luego te echo una mano.

Tranquila.

¿Has ido al lavabo? ¿Cómo está la cosa?

Tremenda, una noche dura.

Cuando Arianna la reemplazó, pudo salir a tomar el aire. Fuera ya había aclarado, pero las cumbres orientales del Monte Rosa ocultaban la salida del sol y el glaciar seguía a la sombra, azulado como el cielo. Hacia los cuatro mil metros, el alba de golpe lo encendió: vio las primeras cordadas arriba, en el collado Felik, al sol. En la terraza agujereada por generaciones de crampones se posaban aves de alta montaña, los últimos seres vivos al borde del glaciar aparte de los grajos negros. Con las plumas hinchadas por el frío, picoteaban con temor las migas que había en la mesa de madera, llevadas hasta aquellas alturas por quién sabe qué instinto.

Pasang salió de las letrinas con un cubo y un trapo. Era otra de las tareas en las que se turnaban, pero Silvia agradecía todas las veces que no le tocaba hacerla a ella. Mientras que él siempre parecía estar de buen humor.

Pasang, ¿te puedo preguntar algo?

Claro que sí.

Tú que has estado ya tantas veces, ¿has comprendido por qué van? ¿Qué hay arriba?

Viento.

¿Viento?

Y nieve.

¿Y qué más?

Con suerte, sol. ¡Si no hay nubes!

El sherpa se rio. Dos veces en el Everest, pero era imposible arrancarle una filosofía. Cuando hablaba todo parecía estar simplemente en el mundo: cubo, trapo, viento, sol, nieve.

Eran las siete cuando se marcharon por fin los últimos alpinistas. Ya podían descansar un poco, y Arianna la llamó para desayunar. Había puesto la radio y preparado una mesa para dos: así, con una taza de café con leche, una porción de tarta, un poco de música y esa esa chica amable, hasta la base ártica podía parecer un lugar acogedor, casi hogareño.

Esta mañana ochenta y nueve, dijo Arianna. Comen, cagan y se van.

Ya.

Dime la verdad, no te esperabas que fuera así.

No, pero estoy contenta de estar aquí.

Júralo.

Te lo juro. ¿Por qué no estaría orgullosa de mí misma? Verás, a veces pienso: si me viese mi madre.

¿Cómo es tu madre?

¿Cómo era? Murió.

Ah, lo siento.

No pasa nada. Era una mujer alegre. Murió hace dos años.

¿Estaba enferma?

Hacía tiempo.

¿A qué se dedicaba?

Era profesora. De lengua en bachillerato. Todos los chicos del barrio la recuerdan. Alguno de ellos incluso se ha abierto camino, por suerte.

¿Y tú?

Yo tenía celos de ellos, hacía de todo para que ella me hiciera caso.

A saber por qué ahora le contaba aquello a una chica a la que apenas conocía a las siete de la mañana en un refugio del Monte Rosa. Efecto de la altura, probablemente. Fuera, la luz cambiaba de color mientras las primeras cordadas acometían las últimas pendientes de los cuatro mil.

# 23

## UNA CHARCA

Después el sol salía por detrás de la Pirámide Vincent y la Punta Parrot, y durante las largas horas de verano pegaba en el glaciar, y la capa de nieve que lo cubría se reducía cada día más, revelando grietas y seracs y tiras de hielo grisáceo, que por las tardes se derretía. Ya no era más que un antiguo glaciar en retroceso, pero en sus buenos tiempos crecía de un modo espectacular. Entonces daba miedo, no la pena que produce ahora; se habían abandonado puertos de montaña por intransitables, las leyendas hablaban de algunos valles como paraísos perdidos. En cuanto a los hombres que se habían aventurado hasta él, se ignoraba el número de muertos que aún albergaba. Se contaba que tardaba setenta años en devolver a aquellos de los que se había apoderado: cuando desaparecían eran jóvenes y fuertes, se caían de camino a cualquier cumbre y cuando sus hijos eran viejos aparecía una bota gastada, un piolet de madera, más abajo otras piezas de museo, hasta donde habían sido arrastrados. El Monte Rosa estaba salpicado de cruces y de placas en recuerdo de aquellos muertos, con nombres, fechas, a veces con fotografías. A aquel cementerio de alta montaña cada verano iba un cura a oficiar misa, bendecía los refugios, a los empleados y a los alpinistas que subían a la montaña, y recordaban con una plegaria a aquellos que no habían regresado.

Un día de julio también Fausto encontró su santuario. Fue en una cuenca a tres mil metros de altura, donde los primeros torrentes del deshielo se cruzaban y formaban una ciénaga, entre montículos de granito formados por el desplazamiento del glaciar, que se había retirado más arriba, en una franja rocosa atravesada por estrechas cascadas. En la cuenca algunos grandes bloques erráticos, arrastrados o desplomados por un derrumbe, estaban clavados en el suelo en posiciones singulares.

Ese lugar no figuraba en los mapas ni en los recuerdos de Fausto. Treinta años antes aquello era un glaciar, y su padre lo llevaba a verlo. Se notaba que el retroceso había ocurrido hacía poco, porque en los montículos no había musgo ni liquen y la arena tampoco se había convertido en terreno fértil, apenas alguna hierba pionera empezaba a crecer. Fausto comprendió que estaba contemplando un trocito de tierra que acababa de emerger a la luz del sol, al que el hombre aún no había dado nombre ni registrado en sus mapas.

Un poco más adelante estaba la antigua cabaña, con el medio barril de chapa amarilla, donde apoyó la mochila. No encontró a nadie. La última anotación en el cuaderno de visitas era de hacía tres días. Leyó: «¡Por suerte existen los sitios olvidados!». Todo el lugar estaba ocupado por seis literas y una mesilla en el centro, y había además una pequeña despensa donde se solía dejar algo para los que llegaran después. Pero aún le quedaba tiempo para pensar en la cena. Se cambió de camiseta y tendió fuera la sudada, sobre la chapa tibia de sol, con una piedra encima para que el viento no se la llevase volando. Después cerró la puerta de la cabaña y bajó a la cuenca.

En la charca vio mariposas cuyo nombre desconocía. Las ranas habían puesto en el barro montones de huevos gelatinosos. Vio gorriones alpinos abrevándose en el suelo, y de nuevo evocó su recuerdo de aquel lugar: el frente del glaciar y el torrente que manaba poderoso de su boca, el color metálico del agua de deshielo. Con su padre, una vez se pusieron a calcular la cantidad de hielo que se derretía por minuto, por hora, por día, un volumen que al final a Fausto le pareció inverosímil: ¿cómo se podía deshacer a ese ritmo y mantenerse siempre igual? Entonces creía que el glaciar era eterno e inmutable, una parte de la montaña que encontraría siempre ahí, entre la roca y el cielo. Su padre, en cambio, había comprendido lo que estaba pasando: si algo desaparece, otro algo lo reemplazará, le dijo. Así es el mundo, ¿sabes? Somos nosotros los que siempre añoramos lo que había antes.

Totalmente cierto, padre, pensó Fausto, y aprovechó ese lugar y las últimas horas de luz para pensar en él.

## 24

## DOS CORAZONES Y UN REFUGIO

Así, Silvia lo vio llegar al refugio sucio y sudado, con el saco de dormir enrollado en la mochila y su camisa a cuadros verde, rejuvenecido y más guapo de como lo recordaba. En invierno nunca había pensado que fuese guapo, si acaso, atormentado como le gustaban a ella los hombres. Mientras que ahora le parecía guapo: por el verano, porque había caminado durante dos días y dormido en la cabaña, porque había conseguido su pequeño propósito de llegar andando al Sella desde Fontana Fredda. Lo besó espontáneamente fuera, entre los alpinistas que se cambiaban después de ascender a un cuatro mil. Era la hora de comer, no tenía tiempo para formalidades, pero lo besó un minuto largo, con dientes, lengua, manos y todo. Los alpinistas aplaudieron.

Esto sí que es un beso, dijo él.

Pero ¿dónde te habías metido?, dijo ella.

Estoy trabajando en los bosques.

¿En serio? Luego me cuentas. ¿Tienes hambre?

Canina.

Pasa.

A mediodía el refugio era un ir y venir de gente que subía y bajaba. Fausto reconoció el salón, las fotos antiguas en las paredes, el olor a comida y a sudor y a madera vieja. No era como en su infancia. Antes todos eran hombres de mediana edad, hablaban italiano o francés o alemán, y todos los letreros estaban en los tres idiomas del Monte Rosa. Ahora estaba lleno de gente joven, una humanidad que podías encontrar en las grandes metrópolis del mundo, y los letreros estaban solo en inglés.

Silvia lo sentó a una mesa junto a la ventana, le llevó un plato de tallarines con queso fundido derretido y medio litro de vino.

Tengo un poco de trabajo, dijo, pero dentro de una hora estoy contigo.

Estupendo. ¿Qué tal el chef?

Es nepalí. Un mago de la pasta casera.

Estás guapa, ¿sabes?

No es verdad. Tengo el pelo horrible.

Fausto comió observando a la gente de las mesas y, por la ventana, las cordadas que volvían del glaciar. Los alpinistas estaban medio desatados, cojos, exultantes, los había exhibicionistas y otros extenuados por el esfuerzo. Un hombre vomitaba detrás de las letrinas. Un guía alpino de cierta edad con el jersey rojo y el distintivo volvía con tres chiquillos que se tiraban bolas de nieve. Lo ves: todavía hay chiquillos. Apuró un vaso de vino que a 3.500 metros equivalía al doble, era barbera pero le sentó como un oporto. Vio a Silvia atendiendo una mesa al otro lado del salón, volviendo a la cocina, hablando con una compañera, que enseguida lo miró y le sonrió. Intuyó el tema de la conversación. Le correspondió a la sonrisa e hizo el gesto de quitarse el sombrero por galantería. Hasta Dufour, el famoso guía, lo reconoció cuando pasó a su lado llevando tres platos de pasta.

Anda, dijo, has llegado.

Sí, andando desde mi casa.

¿Dónde está tu casa?

En Fontana Fredda.

¡Caray! Tenías gasolina.

Bueno, se me acabó aquí abajo, lo he pasado un poco mal.

Come, come. Todavía queda, si quieres más.

Fausto rebañó el queso fundido con pan y se sirvió otro vaso de vino, después apoyó la espalda en la pared y se relajó. Por la ventana vio amontonarse las nubes de la tarde. El vino, la tibieza del refugio, la niebla que subía, las piernas cansadas: iba a dormirse ahí sentado. Cerró los ojos y se sintió como antaño. Solo que ahora estaba mejor que antes, porque sus recuerdos estaban ahí. Así tenía que ser un refugio, pensó. Vale más si contiene algo nuestro.

Silvia le cogió la mano y lo sacó de su ensoñación. Había terminado su turno y lo condujo a su cuarto, cerró la puerta con llave, lo desnudó. Los amantes de Fontana Fredda pudieron reanudar así lo que habían interrumpido al final del invierno. Ella lo encontró más flaco y musculoso, bronceado de cintura para arriba, y notó que olía a resina. Él la encontró más demacrada, y eso lo enterneció. Le pareció que era su deber cuidar de ese cuerpo que últimamente había sido maltratado. Silvia se dejó acariciar.

Más tarde dijo: No sé cómo estoy. Es un lugar de una belleza impresionante. Pero es tan duro.

Me lo imagino.

Cuando voy en el remonte a por el pan me quedo siempre mirando las florecillas que hay abajo. Me refiero a las florecillas que crecen en el musgo, ¿las has visto en la cumbre?

Sí, las he visto.

¿Cómo pueden crecer a tres mil quinientos metros de altura? Y cuando miro el valle me parece tan verde, tan vivo. Hueles a bosque, qué rico.

Le olió el cuello y la barba, y mientras lo olía Fausto cerró los ojos. La almohada le pareció la más blanda en que jamás había apoyado la cabeza. Dijo: Sabes, esta semana he derribado mi primer árbol.

¿De verdad?

Les he caído bien a los leñadores. ¡Inténtalo, chef! Me dieron la mejor motosierra y la planta más pequeña, un pobre arbolito completamente torcido.

¿Lo conseguiste?

Sí, no es difícil.

¿Y te gustó derribarlo?

En absoluto. Me parece que soy demasiado delicado para convertirme en montañés.

¿Por qué lo dices, querías convertirte en montañés?

Yo sí. ¿Tú no?

Silvia enredó sus piernas entre las de él. Se pegó y se agarró a Fausto a su manera impetuosa, como si se tapase con una manta. Él tenía tanto sueño que no se resistió.

Ella dijo: Perdona, necesito calor humano.

Todo tuyo.

Soy demasiado friolera para hacer la exploración polar.

¿Así está mejor?

Un poco. ¿Duermes?

No, no.

Pero resultó que sí, porque poco después Fausto se quedó dormido. A ella le habría gustado seguir charlando, pero él roncaba tan a gusto que prefirió dejarlo tranquilo y en el fondo no le importó. Le apoyó la frente en la sien y cerró los ojos. Ella también estaba cansada. Durmieron dos horas seguidas, mientras la niebla subía, ella tenía el pelo horrible y él olía a sudor y serrín y vino.

## 25

## UN RESCATE

Mientras los amantes dormían arriba, abajo un muchacho y una muchacha se acercaron al mostrador y preguntaron por el administrador. Dufour estaba revisando las baterías de la instalación porque pronto el sol dejaría de alimentar los paneles y había que conectar el generador de gasóleo. Dejó esa tarea y atendió a los dos chicos, que acababan de bajar del Castore: le contaron que en la cumbre habían visto a un hombre completamente solo. Era algo mayor, tendría unos sesenta años, y les había dicho que hacía esa ruta cada verano, que se la conocía de memoria. Mientras que para los chicos era la primera vez, acababan de casarse y pasaban su luna de miel en los refugios. En la cumbre del Castore habían bromeado un poco sobre el matrimonio, el hombre les había dicho que envidiaba al muchacho porque su esposa no lo acompañaba a la montaña desde hacía mucho, y había felicitado a la muchacha por la valentía con que la había visto subir. Poco después había seguido su camino. Había dicho: Luego nos vemos, ya me daréis alcance. Los dos se habían quedado en la cumbre un cuarto de hora más, habían comido algo, se habían tomado fotos, y habían emprendido el descenso cuando la niebla había empezado a subir. Lo cierto es que la niebla había subido muy rápido, en la cumbre ya los envolvía. De todos modos, la senda era una autopista y ellos habían bajado a buen paso, pero no habían vuelto a ver al hombre. Esperaban encontrarlo en el refugio, pero no estaba ahí. A lo mejor ya se ha ido, dijo el chico. Y la chica dijo: Pero es preferible avisar, eso es lo que se hace, ¿no?

Sí, eso es lo que se hace, dijo Dufour. Se limpió las manos con un trapo y dijo para sí: Ya estamos otra vez.

Fue a comprobar el registro de los huéspedes de la noche anterior, solamente había dos reservas individuales. Una era de un holandés, la otra de un italiano al que llamó, pero el teléfono estaba apagado. Los motivos podían ser muchos, en teoría: lo cierto es que ni una sola vez había ocurrido que alguien hubiese huido a Suiza con su amante y arrojase el móvil a un barranco. Hizo más llamadas, los dos chicos seguían ahí, escuchándolo, y no se atrevía a echarlos: llamó a la estación de llegada de las instalaciones, llamó al refugio más próximo por si, debido a la niebla, ese hombre se había equivocado de dirección, y también llamó al helicóptero, para que se preparara para despegar en cuanto el cielo se despejase. Pero él ya sabía que era imposible que ese día escampara. Por último, miró el salón. Entre la gente había un guía alpino joven, un tipo despierto, rápido, lo llamó a la cocina junto con los chicos y con Pasang, que estaba fregando las ollas. Contó lo que acababa de saber y les preguntó a los dos: ¿Cómo iba vestido?

No me acuerdo, dijo el muchacho.

Lleva una cazadora amarilla, dijo la muchacha. Pelo y barba blancos. Un gorro azul.

Intentad subir, dijo Dufour. El helicóptero ahora no puede despegar, a lo mejor dentro de poco aclara.

Pasang y el guía salieron como rayos a la nieve blanda de la tarde. Dufour los vio desaparecer en la niebla a veinte metros del refugio. Se quedó en la cocina, era el único sitio tranquilo y apartado, frente a aquella ventana que daba al glaciar y a la niebla. Ya lo único que podía hacerse era esperar.

Sentaos donde queráis, dijo a los chicos. Hay té.

Yo creo que ya ha bajado, dijo el muchacho.

Quizá. Ojalá.

¿No tendríamos que llamar al rescate alpino?

Sí, yo soy el rescate alpino.

Entonces el muchacho se avergonzó, se sentó y no volvió a abrir la boca. La chica cogió dos tazas y las llenó del té de la olla con el cucharón.

Mientras esperaba, Dufour pensó: ¿A quién se le ocurre, con sesenta años, subir solo esa cuesta? Pero ¿quién es ese tipo? ¿Por qué no me acuerdo nunca de nadie?

Así que de luna de miel en los refugios, dijo.

Hacía mucho que queríamos hacerlo, dijo la muchacha.

¿Dónde habéis estado?

En el Gran Paradiso y después aquí. La próxima semana vamos a los Dolomitas.

Muy bien. Un poco de sol. Ya está bien de hielo, ¿no?

Volvió a llamar un par de veces al número que no contestaba. Miró el servicio meteorológico suizo, que anunciaba cielo cubierto y baja presión hasta la noche. Llegaba gente al salón y pensó que tendría que reorganizar los turnos. ¿Cuál era el menú de la cena?

Habían pasado tres cuartos de hora cuando Pasang llamó por radio. Dijo: Jefe, aquí hay unas huellas que se dirigen hacia abajo.

¿Dónde estáis?

En mitad de la cumbre. Donde la senda gira, ¿sabes?

Ya, era el sitio de siempre. Pasang y el guía habían tardado cuarenta y cinco minutos en recorrer el camino que un buen alpinista hacía en el doble de tiempo.

¿Hacia qué lado baja, hacia nosotros o hacia Suiza?

Hacia nosotros.

¿Alcanzas a ver cuánto baja?

No veo nada.

Dufour hablaba por radio mirando por la ventana. Él tampoco veía nada. La voz de Pasang llegaba desde dentro de aquella neblina.

Intentaremos bajar, jefe.

¿Tenéis clavos de hielo?

Sí, sí.

¡Pero tened cuidado, eh!

Realmente no necesitaba decirle lo que debía hacer: ese sherpa era el mejor guía que hubiese conocido nunca. Era preciso, rápido. Nunca perdía la calma. Y era fuerte como una mula. Cuando lo conoció en Nepal llevaba cargas de ochenta kilos en la espalda, en los seracs del Everest encontraba el camino instintivamente. Dufour se dijo: este me lo trae al refugio, es una joya.

¿Unas huellas?, dijo la chica. Pero ¿cómo es que nosotros no las vimos?

Yo trataba de no perderme, dijo el chico.

Es normal, dijo Dufour. Lo habéis hecho bien.

Pasang dijo: He llegado a las rocas, jefe.

¿Las huellas continúan?

Se acaban aquí. Me parece que se ha caído.

¿Puedes bajar?

Sí, lo intento.

No es que fuera una vertiente poco pronunciada, Dufour la estaba recorriendo de memoria en busca de un punto donde, con algo de suerte, hubiese podido detenerse, con los huesos rotos pero vivo. Pero bastaba con poco. Una mala caída y adiós.

Entonces, Pasang dijo: Lo he encontrado, jefe. Está muerto.

¿Dónde estás?

Debajo de las rocas.

La chica rompió a llorar. El chico empalideció. Dufour dijo: ¿Cómo sabes que está muerto?

Se nota.

¿A qué distancia está de ti?

Poca. Estoy encima de él.

¿Puedes llegar hasta ahí?

Creo que sí.

Esperó con la radio en la mano, oyendo los sollozos de la chica. Había sido un error no echarlos de ahí. Luna de miel estropeada. Hasta que la voz de Pasang dijo: Estoy aquí, jefe. Se ha partido la cabeza contra las rocas.

Pasang había visto un montón de muertos en la montaña, ya no se impresionaba. Dufour también se acordaba de los muertos en el Himalaya, en la época de la pasión por los ochomil: habían caído o parado por el agotamiento, el hielo los conservaba y nadie se los llevaba. ¿De qué sirve poner en riesgo la vida para bajar un muerto? Se acordó de un japonés sentado en un peñasco, en la subida hacia el Kangch. El viento lo mantenía limpio de nieve. Tenía solo una capa de escarcha en el rostro y llevaba sentado ahí un año o dos.

¿Me lo llevo, jefe?

¿Cuánto has bajado?

Puede que doscientos metros. Si quieres, lo hago.

No lo dudaba. Atar un cadáver y subirlo doscientos metros: Pasang podía hacerlo. Dufour pensó en la mujer, en la esposa que ya no iba a la montaña con su marido. Seguirá tranquila en su casa unos minutos más. Puto trabajo, pensó.

¿Por qué ese glaciar no se deshace del todo de una vez? Así se acaba esto.

Dijo: ¿Está la mochila?

Sí.

Mira en los bolsillos. A lo mejor lleva sus documentos.

Está la cartera. También el móvil, pero se ha roto.

Cógelo todo. Y vente.

¿Lo dejo aquí?

Sí, vente. Mañana lo recogeremos en helicóptero.

De acuerdo.

Y ten cuidado, eh.

La radio calló y Dufour miró la hora. Eran las cuatro de la tarde. Tenía otras cosas que hacer, además de servir la cena. Más llamadas.

Dijo: Id a descansar un poco. ¿Os teníais que marchar? Si queréis, os podéis quedar también esta noche.

El chico dijo: Me cago en la puta, ¿por qué no se ató a nosotros? ¿Por qué no se lo dijimos?

Lo habéis hecho bien, dijo el guía.

La chica lloraba.

# 26

## UNA CARTA DE BABETTE

Era la primera carta que Fausto recibía en Fontana Fredda y se quedó un rato mirando su nombre y la dirección en el reverso del sobre blanco. Salió a leerla en el prado de delante de casa, una noche de finales de julio, en plena recolección del heno. Era el momento en que se embalaba, una vez que el heno había sido revuelto y el sol de la tarde lo había secado bien, y su aroma invadía el aire del verano. La carta estaba escrita a mano, y decía:

Querido Fausto:
No, de momento no regreso. El motivo es que estoy bien donde estoy. El mar es verde y hay un cormorán negro que ha elegido como casa el arrecife de aquí abajo, llevo toda la mañana observándolo. Tengo esa sensación de descanso que puede darte un paisaje nuevo, y que desde hacía mucho tiempo no tenía. El paisaje al que estás acostumbrada te da una sensación distinta, de familiaridad, o a veces de opresión, pero lo cierto es que después ya ni lo ves, o solo lo ves cuando regresas después de haber estado lejos o bien en los ojos de alguien que acaba de llegar. Entonces experimentas un poco de tristeza recordando los tiempos en los que tú tam-

bién eras nueva, y nuevos los ojos con los que mirabas. Con el tiempo todo se vuelve normal, las partes bonitas y las partes feas, el mal gusto de los humanos deja de molestarte demasiado y la elegancia de la tierra solamente te hace compañía.

Sin embargo, creo que solo quien se acostumbra ve de verdad, porque ha despejado su mirada de todo sentimiento. Los sentimientos son gafas de colores, engañan a la vista. ¿Conoces ese proverbio zen sobre las montañas? Dice: «Antes de acercarme al zen, para mí las montañas solo eran montañas y los ríos solo eran ríos. Cuando empecé a practicar, las montañas ya no eran montañas y los ríos ya no eran ríos. Pero cuando alcancé la claridad, las montañas volvieron a ser montañas y los ríos volvieron a ser ríos». Creo que tú y yo podemos entender bien este cuento, pues ese lugar está lleno de los significados que le hemos dado nosotros. Los significados están entre los campos, los bosques y las casitas de piedra. ¡Cuando para mí la montaña significaba libertad, veía libertad hasta en las vacas del prado! Pero la montaña en sí misma no tiene ningún significado, solo es un montón de piedras por el que corre agua y crece hierba. Ahora para mí ha vuelto a ser lo que es.

Y sin embargo, y sin embargo. Verás, me alegra que tú estés ahí. Alguien me dijo una vez que Fontana Fredda era un lugar triste antes de que yo llegara. Que no invitaba a ir, que inspiraba hostilidad y abandono, y que yo había devuelto algo de simpatía. Era agradable oírlo, hasta que en un momento dado terminó siendo otra cárcel. ¡Si tú no estuvieses!, me decían. Como si yo tuviera la obligación de cuidar a Fontana Fredda. Creo que tu llegada me alivió, porque me di cuenta de que estabas enamorado. Sigo queriendo a Fontana Fredda y sé que, allí donde vaya, la dejo en buenas manos.

¿Has encontrado otro trabajo? Lamento haberte dejado

plantado así, pero hay decisiones que se toman instintivamente. Cuídate, querido Fausto: no bebas mucho, no te sientas demasiado culpable por las ramas secas que caen en la vida, no dejes que se te escape esa chica estupenda. Eres un cocinero muy bueno, ¿te lo había dicho alguna vez? El mejor que he tenido nunca.

Paz&Amor

ELISABETTA/BABETTE

# 27

## LA CIUDAD PERDIDA

Lo de la bebida y el sentimiento de culpa tendría que trabajarlo, pero volvió a visitar a Silvia a lo largo del verano. Estaba en forma, tardaba en subir menos de dos horas y una en bajar, así, a veces salía después del trabajo para cenar y dormir con ella, y volvía a los bosques a la mañana siguiente. ¡Como le gustaba esa idea! ¡Visitaba a su chica en el polo norte! La taquillera del remonte se acostumbró a verlo llegar poco antes del cierre, cuando los alpinistas bajaban de las cabinas del lado opuesto y él subía. Después la instalación enmudecía, y en el silencio de la tarde Fausto se quedaba solo con el viejo sendero, con todos los recuerdos y los significados que tenía para él, los charcos se convertían en espejos en la luz menguante y las cabras monteses se sorprendían de ver a un hombre a esa hora: se levantaban de las rocas donde estaban tumbadas, un macho le resoplaba, y Fausto sobrepasaba el pedregal, subía por los escalones de la vía ferrata cargado con su enorme mochila. Si se daba prisa, llegaba para el aperitivo de los guías. Siempre se acordaba de comprar el pan, un periódico, fruta y verdura fresca para los del refugio, y echaba una mano en la cocina si se daba cuenta de que hacía falta. Por la noche Arianna se trasladaba a otro cuarto. Hacía tiempo que Dufour había dejado de cobrarle.

Su alegría tenía algo de contagioso, y una mañana temprano Silvia se dejó convencer para subir al glaciar. Se prepararon detrás del refugio, en el trecho de pedregal alumbrado por la ventana de la cocina. Se pusieron los crampones y el arnés, se ataron dejando diez metros de separación entre ambos y Fausto hizo unos anillos de cuerda que se enrolló al hombro. Salieron cuando aclaraba y cuando por las rutas del Rosa las luces de los frontales iban apagándose poco a poco.

Pero Fausto no era Pasang: echó a andar a buen paso y Silvia tuvo que esforzarse en seguirle. Durante media hora no hizo más que fijarse en las huellas en la nieve azulada y la cuerda que lo ataba a él. A veces se tensaba y la tiraba del arnés, a veces se aflojaba mucho y acababa entre los crampones, pero Fausto no se volvía para mirarla. Era como si, por un acuerdo tácito, él tuviese que pensar solo en avanzar y ella en ocuparse de que la cuerda entre ambos estuviese tensa pero no demasiado. Pero se sentía bien, se había aclimatado a la altura y no tenía frío, y el ligero desnivel que había desde el refugio le sirvió para encontrar el ritmo. Apenas se apercibió de los dos barrancos que cruzaron, uno bordeándolo, el otro por un puente cubierto de nieve helada. Mantuvo firmes las piernas, el corazón y los pulmones no le fallaron y se le regularizó la respiración.

Entonces Fausto se detuvo y se quitó la mochila. Cogió un piolet para sí y otro para ella.

¿Todo bien?

Diría que sí, ¿tú qué opinas?

Estás entrenada.

Bueno, me habré entrenado fregando suelos.

Ahí está tu refugio, mira.

Silvia se volvió hacia el valle: vio el Quintino Sella a lo lejos, el humo azul del generador, las ventanas iluminadas en la neblina de la mañana. Habían dejado atrás muchas cordadas. Ahora el ligero desnivel se había terminado y delante tenían una pendiente mucho más pronunciada. Toda la pared seguía en sombra.

¿Quieres un poco de té?

Ahora no, gracias.

¿Seguimos?

Sí, vamos, ya he entrado en calor.

Entonces: piolet en la izquierda y cuerda en la derecha. Aquí es un poco duro. Subimos con calma, ¿vale?

Claro, ya sé lo que entiendes tú por calma.

La senda resultó ser una sucesión de escalones horadados en el hielo. Eran altos, a Silvia le llegaban casi a la rodilla: subía el pie izquierdo, luego el derecho. El piolet, que habría sido muy corto para caminar en llano, era adecuado para ir clavándolo en la pendiente. Cuando la senda cambió de rumbo y dobló a la izquierda, Silvia imitó a Fausto y se pasó el piolet a la otra mano. Comprendió cuál era el método. La senda subía en zigzag para suavizar la empinada pendiente y ella se acordó de que, a principio de temporada, Dufour o Pasang volvían a aventurarse por ella siempre que nevaba. Dos chicos, parados en medio, los dejaron pasar, el de atrás estaba agachado para tomar aliento, el de delante dijo: ¡La próxima semana, playa! ¡Piensa en las chicas en bañador!

Sí, pero sin ti, dijo el otro.

Silvia no se esperaba el sol que la acometió al final de la subida. El sol, el cielo de la mañana y el horizonte que de golpe se abrió delante de ellos, hacia otros glaciares y otras cumbres. Anduvieron más, al borde de la cima y pasado otro pico, y luego bajaron por una meseta imprevisiblemente amplia y tranquila. Fausto se detuvo donde la senda se bifurcaba: una seguía al oeste, hacia el Castore, y la otra hacia el este, hacia los dos Liskamm. Eran las famosas cumbres por las que gente de medio mundo visitaba ese lugar. Un glaciar mucho más extenso que aquel al que habían subido bajaba por la vertiente opuesta del Monte Rosa, hacia el norte.

¿Este es el collado de Felik?

El mismo.

Entonces ¿ya estamos a cuatro mil?

Sí, desde hace poco. Y aquí delante te presento a su majestad, el Glaciar Gorner. *Gornergletscher.*

Es inmenso. ¿Adónde va?

¿Adónde va? Al Ródano. Al lago de Ginebra. Sigue a Lyon y a la Provenza.

Caray.

Aquí, mi padre siempre me decía: ahora trata de distinguir la nieve del Ródano de la del Po, si eres capaz. Le jodía la historia de la divisoria de aguas.

De manera que esa era la ciudad perdida de Felik. Los primeros cuatro mil metros de la vida de Silvia. Debajo de ellos se confundían los valles que el sol apenas rozaba, el planeta azul empezaba de nuevo a debatirse, y alrededor resplandecía la superficie de ese astro helado. Las cumbres del Rosa parecían cortadas a espadazos. Las cordadas que ascendían hacia ellas se distinguían perfectamente. Todo era tan claro y esencial que ella empezó a comprender de otra manera la respuesta que le había dado Pasang. Nieve, viento, sol.

¿Qué hora es?, preguntó.

Las siete. Hora de ir a preparar capuchinos.

¿Bajamos ya?

Sí, pero ahora vas tú delante.

Me gustaría quedarme un poco más.

La próxima vez. Ahora recuerda: el cuerpo hacia atrás y los talones bien plantados.

Espera, dijo Silvia. Y antes de plantar los talones le dio un beso en la boca a ese déspota que era su jefe de cordada, mientras los crampones se entrechocaban y la cuerda se enredaba, ahí donde la nieve del Ródano se confundía con la nieve del Po.

## 28

## UNA BORRACHERA

Él las llamaba «las grandes limpiezas», aunque ya no era primavera: como había discutido con su hija, como la madre de su hija se empeñaba en no regresar, como Fausto se había ido de nuevo a la montaña dejándolo ahí solo, y como cuatro meses después del accidente le seguía costando atarse los zapatos, decidió recurrir a su viejo método curalotodo, al clavo que saca otro clavo. Empezó con una taza llena de ginebra hasta la mitad y la otra mitad de agua de Fontana Fredda, aquella agua bendita que llegaba directamente del glaciar, luego continuó toda la tarde de agosto perdiendo poco a poco la noción del tiempo y de la dosis de la mezcla, a veces ponía más agua, a veces más ginebra, pero siempre tenía ese rico sabor a enebro y le limpiaba el alma de herrumbre e incrustaciones. Exmarido, exforestal, ahora probablemente exconductor de pisanieves, dos hierros viejos en lugar de manos y la grasa que le obturaba las venas, la ginebra le limpiaba todo a Luigi Erasmo Balma, llamado Santorso, como el antiguo monje irlandés. Según se contaba, ese tipo había llegado de su isla verde para ser ermitaño entre los montañeses. Ermitaño, ¿por qué no? Miró por la ventana y reparó en que, si levantaba la taza a la altura debida, veía las montañas reflejadas bocabajo en la ginebra. Después de llenar otra vez la taza su perspectiva sobre su situación empezó a cambiar. Mirándolos en la ginebra, todos los ex se convertían en pasos de una liberación. Libre de un matrimonio, de un uniforme, de un trabajo asalariado, se las arreglaría muy bien, solo necesito que me deis una motosierra y un patatal. Su sensata hija le había quitado los cigarrillos pero se le había escapado el cigarro que guardaba en un cajón, y ese le parecía el momento adecuado. La liberación de Santorso, patrón de los ermitaños. Dadme una gruta, el murete de piedra seca lo construyo yo mismo, le dio una calada al cigarro y el buen sabor a tabaco se mezcló con el sabor a ginebra que tenía en la boca.

En ese momento vio su gallo lira disecado y colgado en la pared. Dejó la taza, bajó el gallo, salió al sol de la tarde. En la calle los turistas regresaban del paseo, los niños jugaban entre las balas de paja en el campo. Santorso todavía podía sujetar un martillo: clavó el gallo lira en el tronco del alerce que había delante de la casa. Subió y salió al balcón para juzgar su obra, de nuevo con la taza y el cigarro entre los dientes. Ahí estás, libre, vuela, gallo lira, ve a pegarte con otro matón del valle de al lado, búscate una gallina bonita y tened muchos polluelos. Por qué en treinta años nunca se le había ocurrido soltarlo, ahora le parecía tan necesario hacerlo, en la calle. Por el prado pasaban unas rubitas en camiseta. ¿Adónde iban, sin siquiera decir hola? Si no hubiese sido por las rubitas, no habría tenido la idea que se le acababa de ocurrir. No, pensó, realmente no estás libre. Sigues inmovilizado. Igual que este viejo.

Volvió a entrar, fue al establo y salió con el calibre 12. Escopeta de dos cañones, cartuchos de perdigones. Veamos si sigo siendo bueno con esto, pensó, mientras abría y cerraba la mano derecha para desentumecer los dedos. Oye, gallo, ¿te acuerdas de esta? Es la misma de la otra vez, eh. Abrazó la escopeta, y menos mal que para apuntar había que cerrar un ojo, porque así de los dos gallos que veía solo quedó uno. El índice de la mano derecha logró apretar lo que tenía que apretar. ¡Bum!, sonó el calibre 12. ¡Bum! Dos tiros en pleno agosto se oyeron hasta en Tre Villaggi, y las madres aterrorizadas corrían para llevarse a los niños de los prados.

# 29

## UN MONTÓN DE PIEDRAS

Dos mujeres llegaron al Quintino Sella poco después del 15 de agosto. Habían contratado a un guía para que las acompañara en una subida lenta en la que tardaron toda una mañana y parte de la tarde. No tenían previsto ir a ninguna cumbre, solo querían llegar hasta ahí: en el refugio se despidieron del guía, que se marchó corriendo para coger el último remonte telesilla, y fueron a buscar un sitio en la habitación común. Por teléfono habían preguntado si había habitaciones dobles con baño, una de esas preguntas de las que se reían en la cocina, aunque tampoco la más graciosa. Las dos mujeres, sin embargo, se adaptaron a la litera, pusieron sábanas y mantas y regresaron al salón para tomar un té, una de ellas con el pelo gris recogido y jersey de cuello alto, la otra, rubia, la taza apretada entre las manos para calentarse, unos pendientes que desentonaban con las chanclas de goma del refugio. Silvia reparó en ellas en cuanto bajó. ¿Y esas dos?, pensó. Bostezó, se ató el mandil y dijo: Hola, Viernes.

Hola, Mujer de los bosques.

¿Qué se cena hoy?

Pasta con salsa de tomate o crema de verdura. De segundo, estofado con puré o torta de espinacas.

¿Cuándo preparas *dal bhat*?

¡En septiembre!

Todo en septiembre, ¿eh?

El refugio estaba repleto y había doble turno para cenar, seis y media y siete y media, y Silvia no tuvo tiempo de respirar hasta las nueve. Por fin la barriga de los alpinistas se llenó y el trabajo disminuyó. Algunos salieron a mirar el glaciar y las estrellas, otros jugaban a las cartas y se tomaban la última, unos pocos insistían en revisar el equipamiento para el día siguiente. Entonces Silvia reparó de nuevo en las dos mujeres: Dufour ahora estaba a la mesa con ellas, les explicaba algo con la ayuda de un mapa. Nunca lo había visto sentarse con nadie que no fuese un guía alpino, ¿quiénes eran esas dos? La mujer del pelo gris daba la impresión de hablar más. La rubia hojeaba el cuaderno del refugio, tenía los ojos enrojecidos y un aire ausente. De repente, Silvia comprendió. Había pasado un mes desde aquel día, cientos o miles de alpinistas, pero ella sabía que en el cuaderno no había nada que leer, el hombre del Castore ni siquiera lo había firmado. Había quien llenaba páginas enteras y quien pasaba en silencio, como para no molestar. Dufour siguió hablando con ellas mientras Silvia preparaba las mesas del desayuno, luego llegó la hora de apagar el generador y de mandar a todo el mundo a la cama.

La esposa es la rubia, le dijo Arianna en el cuarto. La otra es una amiga.

¿Siempre es así, cuando muere alguien?

Casi siempre. Antes o después llega una mujer o un hijo. Es más triste cuando llegan los padres.

Tu padre hace bien esto.

Ha tenido que aprender.

Cuando mi madre murió, vino un cura. No quise ni verlo.

¿Ella iba a la iglesia?

Claro que no, y por eso se odiaban. Decía que la Iglesia le hacía competencia desleal.

Entonces, hiciste bien.

La mañana fue tranquila y despejada, alta presión de agosto. Sin viento, incluso el glaciar conseguía parecer un lugar terrestre. Las dos mujeres desayunaron y luego salieron a mirar las cumbres y las cordadas ya lejanas. La rubia recorrió el exterior del refugio, observó la antigua cabaña y las placas de bronce, las aves del glaciar y los banderines tibetanos, como buscando algo que no encontraba. Su amiga estaba sentada en un banco al sol cuando Silvia salió de la letrina con el cubo y el trapo.

Hola, dijo la mujer del pelo gris.

Buenos días.

Es increíble la vista desde aquí.

Es verdad.

¿Qué es lo que brilla ahí al fondo?

Me han dicho que es una fábrica de Novara. Siempre brilla a esta hora de la mañana. Si no hubiese bruma, un poco más abajo se vería Milán.

¿Milán?

Silvia dejó el cubo en el suelo para señalar. Ya sabía qué era lo que impresionaba a la gente: a los que miraban hacia arriba y a los que miraban hacia abajo.

¿Ve aquellas montañas? Esa solitaria es el Monviso, al otro lado está Turín. Y esa línea azul no es bruma, son los Apeninos ligures. Detrás está el mar.

El mar.

Resulta raro pensar en el mar desde aquí arriba, ¿no?

La mujer se fijó más en ella. Pareció darse cuenta solo en ese momento de que estaba hablando con una chica. Era algo que a Silvia ya le había pasado. Podías atender una mesa una noche entera sin que te viesen, no eras más que la camarera que les llevaba la comida, y a veces una palabra o un gesto hacía que te mirasen con otros ojos.

¿Cuántos años tienes?

Casi veintiocho.

¿Y trabajas aquí desde hace mucho?

Desde junio. Es mi primer verano.

Eres valiente.

Silvia levantó el cubo. Se rio por lo bajo. Sí, había que ser muy valiente para entrar en las letrinas después de que las hubieran usado ciento veinte alpinistas, muchos de ellos con dolor de tripa. Ella había pensado lo mismo al principio, cuando todavía no sabía cómo era la vida en un refugio.

La llegada de la mujer rubia puso fin a la conversación. Llevaba gafas oscuras, apropiadas para el glaciar y para el luto, y Silvia se dispuso a marcharse para dejarlas solas. La detuvo la mujer rubia, dijo: Perdona.

¿Sí?

Me preguntaba qué son esos montículos de piedras. ¿Tienen algún significado?

Sí y no.

¿O sea?

El más alto lo ha hecho un nepalí que trabaja aquí. Es una especie de altar budista, ahí se cuelgan los banderines de oración.

¿Son esos trapos rasgados?

Sí, pero no pasa nada porque estén rasgados, al revés. Para ellos son las oraciones que se dispersan al viento.

¿Y los montículos más pequeños?

Esos las hace la gente que está de paso, no sé por qué.

¿Los hacen porque sí?

Silvia se encogió de hombros. Dijo: Verá, las tardes son largas. A lo mejor no es más que un pasatiempo. O a lo mejor es una manera de decir: yo también estuve aquí.

Se dio cuenta de que estaba empezando a hablar como Pasang. Le habría gustado poder decirle una palabra amable a esa mujer. Pero no se acordaba del marido, esa era la verdad. Lo intentó, repasó todas las caras de aquella noche, pero al día siguiente habían llegado otras caras y el suceso había acabado rápidamente en el repertorio de accidentes, ocurrían con frecuencia. Y algunos eran tan extravagantes que de una simple caída en la niebla tampoco se iba a hablar demasiado tiempo.

¿Tú eres budista?, preguntó la mujer de pelo gris.

Yo no. Es que tengo ese amigo.

Luego dijo: Perdonen, me voy a trabajar.

Más tarde las vio, fuera, mientras construían su montículo. Dos mujeres que recogían piedras del pedregal y las iban amontonando. El significado solo lo conocían ellas. Dedicaron media mañana y levantaron un montículo de casi un metro que parecía lo bastante firme como para aguantar el invierno. Silvia volvió a verlas cuando trataban de pagar la cuenta, Dufour no quiso aceptarles nada, salvo la propina para el personal; después, sobre las once, llegó el guía que tenía que llevarlas al pueblo.

# 30

## LA CABAÑA

A Fausto su padre le contaba que los torrentes de montaña tienen cinco voces, que cambian con las horas del día. Ahora la tercera voz, la fuerte de la tarde, pasó a la cuarta, y en el ocaso el torrente se calmó como si en lo alto se hubiese bajado una esclusa. En la cuenca de debajo del glaciar se notaba la llegada del otoño. En agosto habían florecido erioforos, había montones en la ciénaga: matas blancas sobre tallos que crecen en las aguas estancadas y fluctúan en el viento de los tres mil metros como un campo de algodón.

En el medio barril de chapa Fausto había encendido el camping gas, estaba picando la cebolla con la navaja mientras las setas se ablandaban en agua tibia. De su mochila había sacado también arroz, un cubito en polvo, queso fresco de alzada y una botella de Nebbiolo. Silvia lo observaba desde la cama de arriba, bebiendo vino. Se habían citado ahí, ella había bajado del invierno eterno del refugio y él había subido del breve verano de Fontana Fredda, o de lo que aún quedaba de verano.

¿No te cansas nunca de cocinar?

No, al revés. Me relaja mucho.

¿Por qué, sueles estar nervioso?

Nervioso, no. Un poco preocupado.

¿Por el trabajo?

También. Será el humor del otoño. No sé si escribir, no escribir, qué hacer el próximo invierno.

¿Crees que Babette no va a abrir?

Creo que no.

¿Has escrito algo durante este tiempo?

Algo, sí.

¿Y cocinar te hace estar aquí conmigo, o solo con la cebolla y las setas?

Con la cebolla y con las setas y contigo.

Entonces, vale. ¿Me sirves un poco más de vino?

Cenaron cuando anochecía. En la última luz las gamuzas bajaron de sus peñas y crestas a abrevarse. Se mantuvieron lejos de la cabaña, yendo por sitios diferentes de los que solían. Ellas también conocían el humor del otoño: la hierba perdía sabor, y en cualquier momento oirían el primer disparo. El hombre se volvía muy peligroso en esa estación.

Fausto abrió la mochila y sacó un paquete arrugado. Dijo: Feliz cumpleaños. Perdona por el lazo.

Pero ¡chef! No me lo esperaba.

Mejor.

¿Qué será?

Un ramito de flores. Ábrelo, anda.

Del envoltorio salió uno de los cuadernos negros en los que Fausto escribía. En la primera página figuraba el título: *Las treinta y seis vistas de Fontana Fredda*. Y después la dedicatoria: «A mi exploradora polar, con amor, F». Seguían unos breves capítulos escritos a mano, con una letra que trataba de ser legible. Silvia hojeó unas páginas: uno hablaba de un árbol en el que había caído un rayo, otro de una nevada tardía, otro de la tala del bosque, y así sucesivamente.

Caray, sí que has escrito.

Es que no sé dibujar.

Pero ¿estás seguro de que es para mí?

Claro que es para ti. Es una pieza única, eh.

No sé si me lo merezco.

¿Y yo me merezco un beso?

Por qué será que siempre tenían que hacerlo en sitios fríos. La cabaña era estrecha e incómoda pero tuvo que conocer otros amantes en su larga vida. Medio vestidos, quemados por el sol, con las piernas cansadas y el pelo sucio y oliendo a mil cosas, así eran siempre los amantes de las cabañas y los refugios. En la cuenca oscureció y la temperatura descendió unos grados. Solo la roca emanaba el calor que había absorbido, estaba tibia en el aire de la noche.

¿Cómo era la historia de esa cabaña que se llevó el viento?, dijo ella.

Así. Había una vez una cabaña igual que esta. Un tipo se marchó en otoño dejando la puerta abierta, y en primavera quedó solo la base de cemento. Es mi historia.

No es verdad.

¿Qué vas a hacer en otoño?

En octubre voy a la recogida de la manzana.

Ah, ya, es la temporada de la manzana.

Después, no lo sé. Tengo veintiocho años, debería decidir qué hacer en la vida.

¿Y si buscásemos un local pequeño para ti y para mí? ¿No te gustaría?

¿Un refugio?

Le doy vueltas desde hace un tiempo.

Te escucho.

Yo cocino. Tú te encargas de la barra. Un lugar pequeño, para llevarlo entre dos.

¿El cocinero y la camarera?

¿Por qué no?

Eres muy romántico.

Amantes de cabaña: él era muy romántico, ella tenía que decidir qué hacer en la vida, y siguieron hablando sobre una litera que ni siquiera era una cama, dentro de una caseta a merced de la intemperie. Sin embargo, era cierto que Fausto llevaba pensándolo tiempo. Había meditado mucho su idea: ahora ya le hablaba de refugios vacíos, de refugios cerrados desde hacía años, de refugios apartados de los senderos habituales, de pequeños refugios a media altura que él conocía. Podían alquilar y abrir juntos uno. Ya habían aprendido el oficio, ¿no? Si no le estaba pidiendo que se casara con él, faltaba poco.

Pegada a su lado, debajo de un saco de dormir que apenas los tapaba a los dos, Silvia lo escuchaba. Ya se había lanzado de nuevo. Era como aquella vez en el glaciar, cuando él iba delante sin volverse y la cuerda la tiraba a ella del arnés. Pero la noche era demasiado perfecta como para arruinarla con reparos. Se imaginó que estaba escuchando un cuento, o una de sus típicas historias ella-y-él, y, antes del final, se durmió.

## 31

## LAS BARRERAS CONTRA AVALANCHAS

Por la noche hubo un temporal y a la mañana siguiente el vaso que había dejado en el balcón tenía una mosca ahogada en dos dedos de agua. Se fijó en los campos, mientras bebía el suave café que su hija había preparado: la hierba color paja, el cielo de nuevo despejado y sin bruma. Está cambiando la luz, pensó. Era hora de ponerse a partir leña. Entonces oyó la puerta del baño y ella salió con camisa blanca, pantalones negros, el escudo del hotel sobre el bolsillo de la camisa, el pelo recogido en un moño impecable.

¿También trabajas el domingo?, preguntó Santorso.

Domingo, lunes, da lo mismo. ¿Tú qué plan tienes?

En fin, trataré de afilar la motosierra.

¿Hoy no cazas?

¿Ellos te obligan a peinarte de esa manera? Tienes un pelo tan bonito, déjalo un poco libre.

Se dice suelto. Me voy.

Hasta luego, niña.

La vio subirse al coche, maniobrar y desaparecer tras la primera curva, conduciendo despacio siempre por la derecha, hacia su hotel con piscina. Pero ¿de quién era hija esa chica? Cogió entonces la mochila y los prismáticos y también salió. Fue por el sendero que los leñadores habían tomado apenas unos días antes para marcharse. El bosque estaba ahora luminoso: las ramas amontonadas al pie de los alerces, los rimeros de troncos ordenados por tipos. Tras una noche de lluvia, desprendían vaho al sol de la mañana. Pasó el montón de virutas, las piedras ennegrecidas sobre las que Fausto había cocinado y el camino rural, donde se cruzó con la furgoneta de un ganadero. El hombre paró y, con el codo fuera de la ventanilla, le preguntó: ¿Subes a la Valnera?

Si lo consigo.

¿Me mirarías dónde están los terneros?

¿Los tienes arriba?

Tengo veintidós. No querría que los hubiese asustado el temporal.

Vale.

Ya que estás, ¿me traerías un pollo para comer?

Que te den.

Una vez que dejó atrás los bosques, encontró el torrente seco, solo guijarros y la arena del fondo, y a cambio la hierba reverdecía de nuevo. No se acostumbraba al nuevo paso al que lo forzaban los achaques. Le era imposible andar a su paso de toda la vida, si aceleraba jadeaba enseguida y un par de veces se dijo, oye, déjalo, vuelve a casa a afilar la motosierra. Se armó de paciencia. Durante una hora no hizo más que mirar fijamente el sendero que tenía a sus pies. Reparó en que ya estaba muy arriba cuando vio las gencianas mustias. Pensó: Así, pasito a pasito, acabaré llegando a la Capanna Margherita. Arriba dirán fíjate en ese viejo, se mueve despacio como un cortacéspedes, pero no le faltan pilas.

En lo alto de la Valnera lo recibieron los silbidos de las marmotas. Ahí donde el torrente formaba una charca encontró los terneros de aquel pelmazo abrevándose. En realidad, eran terneras de un año o dos que no daban leche y se dejaban sueltas en los prados de altura los meses de agosto y septiembre, en un estado semiestabular. Al principio eran tímidas, se asustaban por cualquier cosa. Al cabo de un mes ya se habían asilvestrado, a veces atacaban y era difícil conseguir que obedecieran. Santorso las contó: eran trece. Debían de haberse separado del rebaño durante el temporal. Subió por los prados secos donde terminaba el cañón, poco después de pasar una ladera; en cambio, en la otra vertiente había muchos desniveles y despeñaderos, y hacía unos años habían colocado todas aquellas barreras, después de que las casas de abajo hubieran sido alcanzadas por la avalancha. Parecían paraguas abiertos y colocados bocabajo. Era donde él había tenido el accidente, pero volver a ese lugar no le afectó en lo más mínimo. Como si se hubiera caído por las escaleras de casa.

Encontró el sitio donde había perdido los esquís y se puso a buscar: uno estaba en el pedregal, la piel de foca hecha trizas pero el esquí intacto, y la sujeción todavía en buenas condiciones. El otro se le había caído, debía estar abajo. Se asomó a la otra ladera y miró.

Dios Faus, dijo, en voz alta.

Ahí estaban las nueve terneras o, mejor dicho, ahí estaba la carroña entre bandadas de cuervos. Había alguna clavada en las barreras contra las avalanchas, desgarrada desde los cuartos traseros hasta el vientre. Estaban parcialmente devoradas: acabada la parte mejor, las habían abandonado a los pájaros que ahora se amontonaban sobre los morros y dentro de las panzas abiertas. Llevaban aún el collar y el cencerro, las marcas auriculares amarillas, alguna tenía las patas rígidas en el aire y la lengua fuera. Hasta muertas parecían patosas, desentonaban en ese lugar que no era de vacas, sino de gamuzas y de cabras monteses, y ahora también de lobos.

Lobos jóvenes, pensó Santorso. Los jóvenes son los que matan por diversión, los viejos lo hacen solo por hambre. Este ya no era un lobo solitario sino una manada que había separado metódicamente a las terneras, las había hecho subir por la pendiente y luego bajar al despeñadero. Mientras las perseguían, les fueron mordiendo el vientre, los cuartos traseros y las ubres, todo les había resultado muy fácil con esos animales que ya no sabían defenderse ni escapar, animales domésticos en ambiente salvaje. Los lobeznos se lo debieron pasar bomba, después comerían hasta reventar, y por fin se irían a digerir a algún otro sitio.

El helicóptero tendría que ir muchas veces para limpiar aquella carnicería, pero Santorso no tenía prisa en llamar a los forestales. ¿No se habían carcajeado cuando le habían confiscado la escopeta? Que les den. Vio entonces el segundo esquí cerca de una de las vacas muertas, había caído hacia la otra vertiente y lo había frenado una de las barreras contra las avalanchas. Bajó despacio, agarrándose a las matas de hierba dura, por el mismo despeñadero por el que le había caído el montón de piedras. Se fió de sus manos y sus manos no lo traicionaron, y a su alrededor los cuervos levantaron el vuelo protestando por la invasión.

## 32

## LA RECOGIDA DE LA MANZANA

Silvia supo que había llegado no cuando vio por la ventanilla del tren frutales y viñedos, sino el largo muro de la fábrica. Un muro amarillo, desconchado, detrás del cual su abuelo había trabajado toda la vida y su padre hasta que la producción fue trasladada al extranjero. Tras el cierre, alguien escribió con aerosol: ADIÓS JÓDETE PERO ESPÉRAME, tal vez no a la fábrica sino a un amor que se marchaba en tren, y desde entonces para Silvia aquella siempre había sido la bienvenida a casa. Se quitó el auricular y el tema que estaba escuchando se interrumpió de golpe.

He llegado, le dijo al chico que estaba sentado a su lado.

Pues, adiós.

Gracias por la música.

De nada.

Bajó la mochila de la rejilla, recorrió el pasillo y se apeó entre los demás viajeros. Le chocó la suavidad de la noche de septiembre, vio sandalias y tirantes cuando solo unas horas antes había estado pisando la nieve. Había pensado bajar del glaciar a pie y despedirse poco a poco de él; sin embargo, esa mañana el helicóptero se llevaba la basura y Dufour tenía uno de esos días en los que era preferible no molestarlo, pues estaba muy atareado con los asuntos de final de temporada. De repente, Dufour había señalado a Arianna y a ella, y les había dicho: Ahora bajad vosotras, y diez minutos después Silvia estaba en el aparcamiento de los remontes. De golpe, el glaciar ya no estaba, se sintió como si se la hubiesen llevado de allí engañada. Se intercambió los teléfonos con Arianna y se prometieron viajar a algún sitio juntas en primavera.

Salió de la estación, era una exploradora polar que en cada cruce tenía que decirse: ojo con el semáforo. Está en rojo, ¿no te das cuenta? Y ahí está el paso cebra. Ahora su refugio era la mochila que llevaba a la espalda y sus mejores amigos los pies dentro de las botas. Pies que en la montaña habían aprendido un arte, compuestos de dedos, talones, tobillos, arcos plantares, pies que se habían convertido en maravillosos equilibristas en la roca y el hielo, y ahora en el asfalto eran de nuevo un medio de locomoción mucho menos eficiente que la rueda. Ahí estaba el barrio. Ahí estaban los dos bares de la plaza, los dos bancos de los camellos, ahí estaban los parados que tomaban vino blanco y Campari, ahí el centro juvenil donde durante un tiempo había luchado para que su barrio fuera un sitio algo mejor. Cuando cambió la administración municipal pasó a manos de otros y ahora dentro veían partidos de fútbol. ¿Dónde estaban las flores, en este glaciar? Y sin embargo ahí también tenía que haber flores.

¿Qué vas a hacer en otoño, Viernes?

Me voy a Nepal para la temporada de trekking, luego pasaré un tiempo en casa con mi familia. ¿Y tú?

Sí, creo que yo también volveré un tiempo a casa.

Volvió porque se sentía preparada, tras una fuga que le parecía larguísima. Eso le habría dicho a Fausto: que antes de seguir adelante tenía que volver atrás, de lo contrario se pasaría la vida huyendo. Así que ahí estaban los edificios, los balcones, los patios de vecinos, ahí estaban las rampas de los garajes donde los niños tenían prohibido entrar, ahí estaban los bastidores de las bicicletas sin ruedas y las bolsas de basura que no habían dejado de apestar. Ahí estaba la exploradora polar reencontrando con ojos pasmados toda su infancia, y su infancia deslumbrada de reencontrarla a ella.

¡Silvita!, dice una mujer que estaba tendiendo la colada en la primera planta.

Hola, Melina.

Hacía mucho que no te veía, ¿has vuelto?

Sí, por poco tiempo.

¿De dónde vienes con esa mochila?

De la montaña.

Menudo frío hará ahí.

Bastante.

¿Te acordarás de darle mis saludos a tu padre?

Por supuesto.

Subió por las escaleras en vez de coger el ascensor y el piso en la quinta planta fue su última cima, por ese año. Cinco plantas, ciento veinte escalones, diecisiete metros y pico de desnivel. Ahora tenía las piernas fuertes y sería una lástima perder la forma. La exploradora polar llegó ante la puerta, la puerta de aquella que ahora era la casa de su padre, y de repente se acordó del collado de Felik, de las cumbres partidas a espadazos y del glaciar que descendía más allá. De Fausto diciendo: ahora trata de distinguir la nieve del Ródano de la nieve del Po, si eres capaz. Le pidió a ese recuerdo que le diera el valor que necesitaba. Después llamó al timbre, se colocó el pelo detrás de la oreja y sonrió mirando la mirilla, como las chiquillas en las cabinas de los fotomatones.

# 33

## EL PATATAL

Fausto tenía el insomnio de un hombre que ha de tomar una decisión. Oía caer la lluvia en el tejado, cerraba los ojos y puede que se durmiera unos minutos, pero en cuanto amaneció se aburrió de dar vueltas, se levantó y cargó la estufa con ramas secas. Llovía muy poco, las nubes cubrían los bosques y la cocina se llenó de humo debido a la baja presión. Al cabo de media hora volvió a la ventana y vio, el cielo ya despejado, la nieve. Ahí está. Se iba posando por encima de los dos mil metros, era nieve de septiembre que pronto se derretiría al sol, pero era nieve. Trató de recordar la última nevada de primavera, debía de haber sido a principios de junio, habían pasado poco más de tres meses entre una y otra: tres meses de frío, nueve meses de hielo. Se dijo que había terminado la época de las excursiones, ahora tocaba la época de la estufa, de la sensatez y de los planes para pasar el invierno, así que decidió bajar a la sucursal del banco.

En Tre Villaggi había un solo empleado que atendía dos veces a la semana. Era amable y paciente y le dio a Fausto todos los datos acerca de los préstamos a corto plazo, luego le hizo algunas preguntas sobre sus ingresos, sus propiedades, sobre las garantías que podía ofrecer. Fausto no tenía ninguna garantía. El empleado revisó sus movimientos, levantó una ceja delante de la pantalla, le anotó en una hoja un plan de plazos e intereses, le pidió el carné para hacer una fotocopia y él se avergonzó de la palabra *escritor* que había hecho poner. Para el banco habría sido preferible la palabra *cocinero*. Al final podían prestarle, sin ponerle demasiadas trabas, quince mil euros a devolver en cinco años. Eso, más lo que tenía en la cuenta, daba un total de veintisiete mil. Iba a estar de nuevo endeudado, pero al menos podía permitirse empezar una actividad sin tener el agua al cuello. Salió del banco más contento de lo que había entrado. Fausto no dejaba de ser un escritor que en cuanto veía dinero, mejor dicho, la posibilidad de tenerlo, le entraban ganas de gastarlo, así que fue a la ferretería para hacerse un regalo. Se compró un hacha nueva con mango de fresno y una buena hoja de corte. Volvió a Fontana Fredda cuando todavía eran las once, las nubes se elevaban en jirones deshilachados y arriba, más allá del bosque húmedo de lluvia, mostraban los prados cubiertos de un dedo de nieve.

Gemma estaba en el patatal revisando su plantación. Fausto se sentó al borde del camino y dijo: Hola, Gemma.

Buenos días.

¿Te gusta la nieve?

A mí, no. He visto demasiada.

Pero es útil, ¿no?

En diciembre es útil. En septiembre solo estorba.

Pero ¿cómo hacen las vacas arriba, en las alzadas los pastos alpinos?

No salen con la nieve. Por ahora comen heno.

No lo sabía.

Habría querido preguntarle: Gemma, ¿crees que hago bien pidiendo un préstamo de quince mil euros para comprar un restaurante deficitario? ¿Me irá bien si cocino yo, me ahorro un sueldo y cobro un poco más? ¿Pagarán un euro más por el menú obrero?

En cambio, dijo: ¿Y las *trifolle* están bien?

¿Hablas dialecto?

Dos o tres palabras.

¡Un escritor que habla dialecto!

Así que sabes quién soy.

Gemma no respondió. Bajó la mirada y acarició las hojas de una planta de patatas, como para secarla de la lluvia. Para que dejara de sentirse incómoda, Fausto dijo: Oye, ¿tienes leña? Fíjate que buena hacha me he comprado.

Sí que es buena.

Si quieres, te traigo dos carretillas.

Tengo, tengo.

No era cierto, o no lo era del todo, porque esa mañana la chimenea de Gemma no echaba humo. Debía de tener una piel muy gruesa para poder aguantar un día como ese sin encender la estufa. Él decidió llevarle leña de todas formas, se levantó y se fue a jugar con su hacha nueva.

# 34

## SE REAVIVA LA LLAMA

De manera que te has perdido el verano, se dijo cuando llegó a la pequeña meseta. El verano de Fontana Fredda, que en realidad no podía llamarse así, pues era una primavera que terminaba desvaneciéndose en el otoño. Lo supiste cuando sucedió. Sabías en qué momento pasaba, porque arriba se derretía la nieve que aporta, porque en lo alto de la montaña la nieve se derretía y daba agua a los torrentes, y enseguida la hierba de los prados se volvía amarilla. Babette se había perdido la floración de junio después de haberla esperado con devoción durante treinta y cinco años: de las campánulas, del jaramago, del nomeolvides; de la aquilea ya no quedaban más que campos segados y abonados, y de la adelfilla los tallos secos en los ribazos. Abrió la puerta del restaurante y lo encontró como lo había dejado en invierno: hasta las tazas en la pila, las últimas comandas junto a la caja registradora y su familiar desorden, al que de vez en cuando había intentado poner remedio. Al final siempre se había impuesto el desorden, su tendencia a dejar las cosas desparramadas, a convertir los objetos útiles en objetos de compañía. Dejó en una mesa dos manojos de llaves y el sobre con el contrato. Encendió las luces, la radio, la cafetera, y el restaurante resucitó. Llenó una jarra de agua y salió a intentar el mismo milagro con las pobres plantas de la terraza. En seis meses nadie había pensado en regarlas un poco. Mientras mojaba las rosas y los altramuces, observó las casitas cerradas, los asientos del remonte meciéndose al viento, el humo de las chimeneas en los pastos y las cumbres en el horizonte con estrías de nieve. Recordó a su Karen Blixen, no por *El festín de Babette*, sino por *Memorias de África*, donde escribió: «Conozco una canción sobre África, que habla de la jirafa y la luna nueva africana descansando sobre su lomo, de los surcos en los campos y de los rostros sudorosos de los recolectores de café, pero ¿conoce África una canción que hable de mí?». ¿Y Fontana Fredda, conocía una canción sobre ella?

Santorso tardó menos de un cuarto de hora en darse cuenta de su regreso. Subió las escaleras que conducían a la terraza cojeando ligeramente. Dijo: ¿Está abierto?

No.

¿Ni siquiera para un café?

Te invito a tomar uno. Pero el bar está cerrado.

Entonces ¿me siento aquí?

¿Por qué? ¿Querías entrar?

No, no, fuera también se está bien.

Siéntate. La cafetera se está calentando. Ten paciencia.

No tengo prisa.

Santorso se sentó a una de las mesillas de plástico, junto a la sombrilla cerrada. Cuando Babette entró en el restaurante no pudo dejar de mirarle el culo. Ese culo que, treinta y cinco años antes, recién bajado del autobús de línea, había revolucionado a todo el valle. Lo encontró más firme que en invierno y, espiándola por la ventana, notó también que tenía el rostro más relajado. Tenía otra vez pecas en el cutis. ¿Desde cuándo no se las veía, quizá desde los veranos en la montaña?

Como era tan blanca y pelirroja se quemaba la piel cada vez que subía a los pastos. En los últimos meses a menudo se había preguntado si habría conocido a un hombre, allí donde se había ido, y ahora la observaba fregar las tazas buscando los indicios de una novedad. Veamos, viejo guardia, si todavía eres capaz de reconocer a una hembra en celo. Babette abrió el grifo, lo dejó abierto sin darse cuenta, fue a anotar algo en una hoja, hizo una cafetera sin café para limpiar la máquina y entonces reparó en el grifo como si lo hubiese abierto otra persona. A Santorso le quedó la duda sobre el amor. Comprendía mejor a la perdiz blanca y al armiño. Por fin, Babette salió con dos cafés, un vaso de agua y la botella de brandy, dejó la bandeja en la mesa y se sentó frente a él.

Hola, Luigi.

Hola, Betta.

He sabido que no has estado bien.

¿Te lo han dicho?

Sí. ¿Ahora cómo estás?

Poco a poco.

¿Poco a poco, mejor?

Sí, claro.

Él abrió y cerró las manos. No le enseñó los dos dedos que se habían soldado torcidos. Ella se echó azúcar al café y él un chorrito de brandy. Todo como antaño: eran una vieja pareja sentada a una mesa al aire libre, en un bar de montaña en temporada baja. Él quiso decir algo agradable, y dijo: Te has perdido la recolección del heno.

¿La recolección del heno? Hará diez años que no recojo.

¿Diez años? Cómo pasa el tiempo.

¿Y cómo fue?

Horrible. Había crestas de gallo por todas partes. Si no las cortas antes de que echen la semilla, al año siguiente todavía es peor.

¿Así que cortaste antes?

Pero si solo corto yo no sirve de nada.

¿Y eso?

La semilla vuela.

Comprendo. No hay manera de Intenta convencerlos de que cosechen antes.

Así es. Exacto.

Ella bebió el agua antes que el café. Dónde podía haber adquirido esa costumbre, se preguntó él. ¿En Grecia, en España? ¿Dónde se tomaba agua con el café? Él apuró el suyo y se echó otro chorrito de brandy para limpiar la taza, pero no sacó los cigarrillos, cosa que a ella le llamó la atención. ¿Había dejado de fumar? De manera que no estaba totalmente loco.

Él dijo: ¿Sabes que han regresado los lobos?

¿Así que es verdad?

Sí, y además muchos.

Bueno, pues que los lobos recuperen este lugar, ¿no te parece? Después de todo, ya no queda nadie.

¿Es cierto que dejas el restaurante?

No lo dejo, se lo arriendo a alguien.

¿A Faus?

Ya lo sabes todo.

¿Y tú qué vas a hacer?

Abro una floristería.

Santorso la miró. Vio un rubor que conocía debajo de las pecas. Muchos años antes se había casado con una chica incapaz de mentir. Mentira, dijo. Babette rompió a reír. Dios, pensó él, cuando se reía tenía de nuevo diecisiete años. Estaba a punto de decir: ¿Puedo besarte? Pero ella se puso de pie, le dejó la botella y la taza y entró en su restaurante, a desordenar todavía un poco más antes de traspasarlo.

## 35

## LA SUBASTA DE LA LEÑA

El bosque en octubre florecía con el amarillo de los alerces y el rojo de las amanitas muscarias. Del aroma que había embriagado el verano quedaba apenas un rastro en el olor de las setas, los musgos y las hierbas marchitas. Los rimeros de troncos habían sido medidos y numerados, cinco metros cúbicos cada rimero, cada unidad con un número pintado en el tronco más grande. Había más de doscientos, pero la mañana de la subasta solo acudieron seis personas. Uno era el ganadero de los terneros devorados por los lobos. Discutía con el forestal que tenía que garantizar la legalidad de las operaciones.

Si ellos me atacan a mí, ¿me explicas por qué yo no puedo atacarlos a ellos?

No te atacan a ti. Atacan al ganado.

Es lo mismo.

No es lo mismo. De todos modos, yo no decido. Es una especie protegida. Coges las indemnizaciones y asunto resuelto.

¡Las indemnizaciones! ¡Eso apenas me da para un café!

Venga, el problema seguro que no son los lobos.

A las nueve, la funcionaria municipal decidió que ya

podían empezar. Propuso el rimero número uno, que no se vendió. Tampoco se vendieron el dos ni el tres. El precio de salida estaba fijado en cien euros el rimero. Preguntó: ¿Alguien hace una oferta por el número cuatro? Pero los primeros treinta o cuarenta contenían pino silvestre, que nadie quería. Era madera torcida, resinosa, formaba costra en los tubos, y dada la abundancia de leña era preferible quedarse con el alerce, que ardía mejor. De modo que la funcionaria tuvo que recorrer un buen trecho de sendero lanzando números al aire.

Para Fausto fue como recorrer de nuevo los días del verano. Ahora que iban abrigados, resultaba difícil creer que ahí hubiese hecho calor. Creer en el calor y en la suavidad de los días de julio: las hogueras, las manos embadurnadas de resina, la zorra rebuscando entre las mondas de patatas, los cabellos de los forestales llenos de serrín. *¡Hola, chef!* Y después las caminatas para ir a ver a Silvia al refugio. La pregunta de la funcionaria municipal se convirtió en una cantilena. ¿Alguien hace una oferta por el número cuarenta y dos? ¿Alguien hace una oferta por el número cuarenta y tres? Un verano entero de trabajo, y ahora toda esa leña no valía ni veinte euros el metro cúbico.

Entonces ¿cómo lo vas a llamar?, preguntó Santorso. ¿Dio Faus?

No, no, seguirá siendo El Festín de Babette.

¿Incluso sin Babette?

Yo hago de Babette.

¿Y tu chica va a trabajar contigo?

Fausto dio una patadita a una seta que alguien había arrancado y dejado bocabajo. Nunca había comprendido por qué lo hacían. Días antes había hablado con Silvia por teléfono, pero no había reaccionado como él esperaba.

Bueno, si le apetece.

¿Por qué, es que no le apetece?

Vete a entender los deseos de los demás.

A quién se lo dices.

Llegaron cerca del camino y ahí los deseos de los montañeses se despertaron. ¿Alguien hace una oferta por el número cincuenta y siete? Yo, dijo uno. ¿Alguien mejora la oferta? Nadie. No fue una subasta propiamente dicha, porque ya se habían puesto de acuerdo de antemano entre ellos. Cada uno compró al precio de salida los cinco rimeros a los que tenía derecho, situados en los sitios que les resultaba más fácil llegar en tractor. Santorso compró los de más arriba, donde daba el sol y donde los anillos de crecimiento del alerce se reducían y la madera era roja y dura, y Fausto se quedó con el ciento ocho porque el número le gustaba.

Santorso lo veía melancólico. ¿Solo te quedas con uno?

Sí, solamente.

Quédate con cuatro más, anda.

¿Y qué hago con tanta?

Cortada y partida la venderemos bien. Yo te ayudo. Así trabajaremos un poco antes del invierno.

Si tú lo dices.

Se quedó con cinco, del ciento ocho al ciento doce. Le resultó extraño poseer árboles, aunque en realidad ya no eran árboles, sino solo troncos amontonados. La funcionaria le entregó una nota para que fuera al Ayuntamiento a pagar, tras lo cual la subasta se declaró finalizada. Quedaron sin vender más de ciento setenta rimeros, que alguna empresa grande se llevaría a precio de saldo en primavera.

# 36

## LOS ALERCES

No sé si me apetece pasar otro invierno trabajando de camarera para los esquiadores. Eso no es lo que me habías dicho.

Ya es algo, dijo él.

Para hacer cualquier cosa, puedo volver a tirar cervezas en el pub del barrio.

No es Fontana Fredda.

Pues te diré que yo no tengo nada con Fontana Fredda.

¿Y conmigo?

Silvia no respondió. Un mes en la llanura y su voz ya llegaba de muy lejos. Era algo en lo que Fausto había reparado otras veces, también en sí mismo, uno veía la montaña de una manera cuando estaba cerca de ella, y de otra cuando estaba lejos. Cuando estaba lejos la realidad se difuminaba en una idea: los bosques, las casas, los campos, los torrentes, los animales y los hombres se convertían en un triángulo con la nieve en lo alto, el monte Fuji en el horizonte de los dibujos de Hokusai.

Quiero estar un poco con mi padre, dijo Silvia.

Claro, lo entiendo.

¿Cómo se está ahí ahora?

Hay silencio. ¿Sabes lo que da pena cuando llega el invierno? Que no suenan los cencerros.

¿Qué se hace en octubre en Fontana Fredda?

Se parte leña. Se confía en que no se acabe el agua de las fuentes. Se recogen patatas. Anteayer ayudé a Gemma, sacaríamos un par de quintales.

¿Quién es Gemma?

Mi vecina, ¿no te acuerdas?

Creo que no.

Era cierto: a ella la realidad de Fontana Fredda se le borraba rápidamente. Hablaron más del restaurante, del personal que había que contratar y de la fecha de inauguración, y Silvia concluyó que se lo pensaría algún día más.

Podría ir las dos semanas de Navidad. No tengo por qué quedarme todo el invierno. Iría a echarte una mano.

Claro.

No te enfades, venga.

No, no.

¿Qué cosa rica vas a prepararte para cenar?

No me gusta cocinar solo para mí. Puede que un par de huevos.

Te quiero, chef.

Yo también te quiero.

Poco después, Fausto colgó. En el balcón donde se encontraba, enseguida echó de menos la voz de ella. Se fijó en el bosque y se dio cuenta de que las ramas más externas de los alerces empezaban a amarillear. Eran los árboles de Fontana Fredda, árboles del sol, del viento, de las laderas meridionales, y que, como no les gustaba el hielo, se aletargaban en cuanto notaban su llegaba. Los abetos, impasibles, conservaban las agujas y no malgastaban energías en la muda estacional: dos árboles tan parecidos y dos estrategias tan diferentes para afrontar el invierno. Los que primero se marchitaban eran los alerces heridos, unos por un rayo, otros por un derrumbe de piedras y otros por una zanja que había arrancado la raíz, pero al cabo de pocos días el bosque entero se habría vuelto amarillo y rojo, y dormiría largamente mientras el verde oscuro de los abetos montaba guardia.

Fausto había leído en alguna parte que los árboles, a diferencia de los animales, no pueden buscar la felicidad desplazándose a otro sitio. El árbol vive donde ha caído su semilla, y para ser feliz tiene que arraigarse allí. Sus problemas, si puede, los resuelve sobre el terreno, de lo contrario muere. La felicidad de los herbívoros, en cambio, reside en la hierba, eso en Fontana Fredda era una verdad palmaria: en marzo en el valle, en mayo en los prados a mil metros, en agosto, en las alzadas alpinas situadas más o menos a dos mil, la segunda modesta floración. El lobo seguía un instinto menos comprensible. Santorso le había contado que no se comprendía por qué se desplazaba, a qué respondía su inquietud. Llegaba a un valle, donde a lo mejor encontraba mucha caza, pero por la razón que fuera no se quedaba y de repente abandonaba todas esas delicias y se marchaba a buscar la felicidad a otro lado. Siempre a nuevos bosques, siempre a la cima siguiente, persiguiendo el olor de una hembra o el aullido de una manada o nada tan evidente, llevándose el canto de un mundo más joven, como escribió Jack London.

De todos modos, no era propio de Fausto autocompadecerse. Quiso pensar que Silvia iría en Navidad. Y que iría algún fin de semana a echarle una mano. De ellos dependía encontrar una manera de seguir viéndose, si querían. Después notó en su piel el tibio sol de octubre —no lo desaproveches, se dijo, no lo desaproveches—, se calzó las botas y se fue a pasear a la montaña.

## SUEÑOS DE FONTANA FREDDA

Esa noche, como los alerces habían previsto, las fuentes de Fontana Fredda se cubrieron de hielo. El cielo estaba despejado y estrellado y en el suelo la humedad se cristalizaba en escarcha. Gemma se acostó no bien se puso el sol: cuanto más se alargaban las horas de oscuridad, más tiempo pasaba bajo las mantas, y para ella llegaba la temporada del sueño. El presente la confundía pero el pasado regresaba nítido cuando se dormía. Esa noche soñó que era niña, soñó con un ternero que tenía en la guerra y soñó que los soldados se lo llevaban. Los soldados acampados en la escuela del pueblo mataron de un tiro al ternero, lo descuartizaron y estuvieron de juerga toda la noche. Oyó de nuevo el disparo, volvió a ver la sangre en la nieve, su madre la abrazó y mientras dormía ella derramó todas sus lágrimas, una vieja de ochenta años que volvía a tener siete.

En una habitación con las maletas hechas Babette soñó con su amante del Sur. Era un hombre real e irreal, a medias verdadero y a medias inventado, pero menudo hombre. Era brusco en los besos y delicado con las manos. Ella se sentía libre, podía pedir y hacer cualquier cosa que le apeteciera, y en el sueño el sexo los ponía de buen humor, haciéndolo se reían mucho. Se despertó antes del final: ¿por qué esos sueños acababan siempre en lo mejor? Trató de prolongarlo despierta y de alguna manera lo consiguió, aunque ya no era lo mismo.

Santorso estaba en el sueño de la ginebra, sudaba frío y tenía la tripa descompuesta. Soñó con el lobo que aún no había visto. Él estaba en la montaña, cazando gallos, seguía a su perro que se había alejado y de repente, en la nieve, se encontró de frente con el lobo. Estaba sentado muy tranquilo y lo miraba. Santorso hizo el gesto de girar la escopeta, la llevaba al hombro para poder apuntar y disparar sobre la marcha, pero lo único que sus manos agarraron fue el aire. Entonces se acordó de que se la habían quitado. Miró al lobo, que lo miraba como se mira a un viejo chocho, y dijo: ¿Coño, es que no te doy miedo? ¡Voy a hacer un sombrero de pelo contigo! ¡Largo, largo, lárgate por donde has venido!

Silvia, desde su quinta planta en el extrarradio, soñó con el refugio, con el glaciar y con la pendiente que llegaba al collado de Felik. No tenía un jefe de cordada delante de ella. Ni Fausto ni Pasang, ni huellas de alguien que hubiera pasado antes. Sin embargo, ella conocía el camino. Avanzaba sola por aquella pendiente plantando los crampones en la nieve helada, el piolet marcaba el paso, las piernas fuertes y firmes, ya a punto de llegar a su ciudad perdida.

Y Fausto esa noche soñó con el viejo, con el viejo loco por la pintura. Tendría noventa años o algo así. Pintaba sentado en un suelo de bambú, en una habitación con las paredes de papel: lo veía desde fuera pero al mismo tiempo el viejo era él. Era tan viejo que solo necesitaba tres o cuatro pinceladas para pintar aquello que tenía en la cabeza. Tres o cuatro, pensó, no solo una pincelada. Seré bastante bueno, se dijo, cuando solo necesite una pincelada para el Fuji y para todo lo demás. Con él estaba su hija, o quizá una esposa tan joven que era como una hija, que retiraba la pintura terminada y le pasaba una hoja nueva, afectuosa pero severa. Prueba de nuevo, le decía sin hablar. Tenía una hermosa cabellera larga de japonesa, negra y lacia y brillante y recién lavada.

Y esos sueños formaban parte del paisaje de Fontana Fredda tanto como los bosques barridos por el viento, los rimeros de troncos que se habían quedado sin vender, los torrentes secos del otoño, los corzos que salían a pastar en las pistas de esquí aún no cubiertas de nieve, las casitas sombrías y los arándanos marchitos y los alerces que empezaban a amarillear, los perros vagabundos de los pastores y la capa fina de hielo que se iba formando en las pilas de las fuentes. Fontana Fredda estaba hecha por igual de realidad y deseo. Y alrededor de Fontana Fredda la montaña existía, del todo indiferente a los sueños de esos seres humanos, y seguiría existiendo cuando se despertaran.

*Fontane, 2021*

*Este libro es para Barbara, una artista del refugio.*
*Y para todas las amigas que tengo en el círculo polar.*

*También como fantasma*
*ligero me iré*
*por los bosques del verano.*